カノジョに浮気されていた俺が、
小悪魔な後輩に
懐《なつ》かれています
My coquettish junior attaches herself to me!
5

「頭おかしいんですかっ!!」
志《し》乃《の》原《はら》真《ま》由《ゆ》
悠太と同じ大学で、一個下の後輩。天《てん》真《しん》爛《らん》漫《まん》な性格だが小悪魔的な一面もあり、なにかと悠太をドキッとさせる。
Situation 1
後輩と、近づいた距離？

Situation 2
元カノと、バスケ。
「悠太くん。教えて」
相《あい》坂《さか》礼《れい》奈《な》
悠太の元カノ。悠太の大学近くの女子大に通っており、悠太とはその学祭で出会った。

「ねえ、今からデートいかない？」
戸張坂明美《とばりざかあけみ》
真由、彩華と同じ中学のバスケ部で副主将を務めていた。唯我独尊で強気な性格。
BLACEK
Situation 3
動き出す"過去"。

羽《は》瀬《せ》川《がわ》悠《ゆう》太《た》
「は!?」

思わず素っ頓狂な声を上げる。初対面に近い人からデートに誘われるなんて、予期している方がおかしい。それに、明美は元坂と付き合っているはずだ。

「ありゃ、こういうお誘い初めて? 今ナンパしてるんだけどな」

「いや、ちょっと待って。明美って元坂の彼女だよな?」

「え? あー、まあね。そうだね、じゃあナンパって言っちゃうと良くないか。うーん……」

明美は親指に顎を乗せて、数秒沈黙する。普段なら志乃原が割り込んでくるタイミングだが、後ろで大人しくしているままだ。

「人によっては、自分の過去を共有したところで一体何が変わるんだって思うかもしれないけどね。過去を共有して、清算して。それで先に進めることもある。……私はそう信じる」

「次は、どう変わるんだ」

「まだ分からない。でもあんたを、もっと大切にしたいから」

「なんでそこまで……」

俺のために動いてくれるんだ。言葉にならなかった疑問。

Situation 4
“今”を継続するために。
美《み》濃《の》彩《あや》華《か》
悠太とは同じ大学の同期で、高校時代からの気の置けない友達同士。
「——せっかく出会えたんだもの」

Short Story

居酒屋に誘ってみた

♥礼奈の場合……

「礼奈、居酒屋行かないか?」

「もちろんっ」

「良かった。じゃあ、お店はどうしようか」

「うーん、悠太くん行きたいお店とかある?」

「特にないんだよなあ。最近俺が行きつけのお店とかはどうだ?」

「あ、いいねいいね。私も悠太くんが好きなメニュー食べてみたい」

「おっけー、決まりだ」

♥彩華の場合……

「彩華、居酒屋行こうぜ」

「いいわよ。お店の候補はある?」

「いや、まだそこまでは」

「分かった、じゃあ私が探して予約しておくわね」

「いつも助かります……」

「気にしないで。私のためでもあるから」

「どういう意味?」

「あんたのセンスに任せるのは不安ってこと」

「よし待て俺が探してやるから彩華は何もするな! 当日は俺に任せろ!」

「言わなきゃ良かった……私としたことが……」

「そこまで落ち込まれると傷付くんだけど!?」

♥真由の場合……

「真由、居酒屋行くか」

「行きます行きたいです!」

「やっぱ駄目だ。お前未成年じゃん」

「なんで誘ったんですかー!?」

カノジョに浮気されていた俺が、小悪魔な後輩に懐かれています5

御宮ゆう

角川スニーカー文庫

22930

My coquettish junior attaches herself to me!

design work:中村晋弥(LUCK'A Inc.) illustration:えーる

プロローグ

梅雨が近付くと思い出すことがある。

私を見つめる、あの瞳。

記憶に何度蓋をしても、泥濘《ぬかる》んだ隙間から漏れ出してくる。

その度に、今の私には関係ないと言い聞かせた。

過去は過去。今は今。未来は未来。

それぞれの私は異なって、過ぎたものは振り返らない。

その考え方になったのは、高校で自分の在り方を変えてからだ。

大学でもより社交的な振る舞いを心掛けて、きっと社会人になる際も何処《どこ》かを変えてしまうだろう。

あいつがスマホゲームを始める時と似ている。

何度もリセットを繰り返して、最高のデータで勝負を始める。

より良い自分を形成するためには、過去を棄《す》てておくのが理に適《かな》う。

だけど本当は、自己矛盾にも気付いてる。

過去の全てを振り返らなければ、私とあいつの仲はない。

何度も振り返るからこそ、あいつと親友という関係を継続できる。

私は都合の良い記憶だけを〝今〟に持ってきて、悪い記憶だけに蓋をしている。

でも、きっと皆《みん》なもそうしてる。

自分を優先するなんて、生物として自然なことだから。

それを口に出さない限り、頭の中を覗《のぞ》かれでもしない限り。誰かに追及される謂《いわ》れはない。

だけど分かっているんだ。

私はそんな自分を誇れていない。その気持ちさえ見ないようにして、偽物の自信を表に出して。内面すら書き換えて、偽物を本物へと昇華させて。

そして社会に出れば、いつか本当に忘れてしまう。

私はずっとその時が来るのを待っていた。

だってその方が上手《うま》く世の中を渡っていける自信があったから。

でも、もし向き合わなければいけない時が来るのなら。

きっと私は、あいつの前で笑えなくなるのだろう。

第1話 仮交際を終えて

最近の気象庁はアテにならない。

晴れ予報だったかと思えば驟雨《しゅうう》に見舞われ、雨予報に従い傘を持参すれば一滴たりとも降りやしない。

これなら信用しない方がいいと雨予報を無視した結果、俺は今困り果てていた。

冷蔵庫の中身が乏しくなってきたので、スーパーに寄ったのが運の尽き。ビニール袋を引っ提げて、俺は忌々しげに曇天を見上げている。

出口の屋根下で佇《たたず》んでいると、隣で退店する客が次々と傘を開いていく。

天気予報を信用して、夕方になるまで傘を持って出歩いていたのだ。客たちの表情はやっと降ってくれたかと言わんばかりで、何故《なぜ》俺も気象庁を最後まで信じなかったのかと腹立たしい気持ちになる。

家まで徒歩十分程度の距離であるものの、秒速で強まっていく雨足を鑑みると傘無しで帰宅するのは難しい。

暫《しばら》く雨宿りをするしかないかと嘆息すると、同じく隣にいた男子も大きな息を吐いた。制服と身長から、恐らく高校生だろう。

俺の視線に気付いたのか、高校生はペコリと会釈する。気を遣わせたかなと、口角を上げてみせると高校生は安心したように頰《ほお》を緩めた。

……不機嫌な顔にでも見えていたのだろうか。

申し訳ない気持ちが芽生えたのを誤魔化《ごまか》すように、俺はポケットからスマホを取り出した。

三日前に買い替えたスマホは、以前のそれよりサイズが若干大きくなっていた。いくらか片手で操作がしづらくなってしまったが、画面が割れたものを使い続けるよりはマシだ。

彩華《あやか》の眼前でスマホを割ってしまってから、その状態のまま使い続けていたら周りから「買い替えろよ」と何度もつっこまれた。もうそのやり取りが無いと思うと、雨によって憂鬱を強いられていた気分も少しだけ晴れやかになる。

「先輩っ」

数メートル先から声が掛かり、期待を胸にスマホから顔を上げる。黒髪ショートヘアの女子が、俺の隣にいた男子に傘を渡した。

制服姿の二人は相合傘で、外の世界へ向かって行く。辺りは薄暗いというのに、あの二人の周りだけ輝いている錯覚に陥る。男子が俺を振り返って、またペコリと会釈した。

◇◆

ずぶ濡《ぬ》れの右手で、鍵を回す。込めていた力が何処かへ逃げてしまったので、家の中に既に人がいることを察した。

玄関のドアを開けると、柑橘系《かんきつけい》の香りが俺を迎える。

「ただいま」

誰に聞かせる訳でもない、いつも通りの挨拶。一人暮らしを始めてからも、挨拶が返ってこないのを承知で言い続けていた。だが、最近は違う。

「あっ、先輩。おかえりです」

志乃原《しのはら》がキッチンから顔を覗かせて、口角を上げた。トップで短く束ねられたブラウンの髪が、少しだけ揺れた。

「降られちゃったんですね。もしかしたらと思ったので、お風呂沸かしておきましたよ」

「まじか」

玄関のドアを閉めると、びゅうびゅうと吹く雨嵐の音が殆《ほとん》ど聞こえなくなる。遮音性に優れていることに今更気付き、家賃の割には良い物件なのかもしれない、なんてどうでもいい思考を巡らせた。

「先輩？」

「ああ、いや。ありがとう、助かる」

俺はお礼を言って、靴を脱いだ。雨水に侵された靴下が、嫌な音とともに露《あら》わになる。脱衣所に直行したが、そこまでに付着した足跡を拭き取る作業を思ったら憂鬱になった。

「先輩ー。あと少しで晩御飯できるので、ちゃちゃっとお風呂浴びちゃってください！」

「お風呂浴びるってなんだよ」

俺は微笑して、脱衣所の扉を閉めた。キッチンからの物音が小さくなり、俺は濡れて重くなった服を脱いで洗濯機に投げ入れた。ガコンと洗濯機が揺れたが、俺は気にせず下着や靴下も入れて、洗濯スイッチを押す。

これで俺がお風呂から上がるのと同じ頃に終わるはずだ。

浴室に入ると、冷え切った身体《からだ》が喜ぶのを感じた。暖気に包まれながらシャワーのノズルを捻《ひね》ると、冷水が身体に掛かる。数十秒後、ようやく温水へと変移したので、俺はそれを頭から被《かぶ》った。

てっぺんから、冷気が洗い流されていく。目を閉じると、先週の情景が脳裏を過《よぎ》った。

──夕暮れ時、廻《まわ》り続ける観覧車の中。

時間が経過した今になっても、あの時のやり取りは鮮明に思い出すことができた。きっと数ヶ月経《た》っても自分は同じように思うのだろうという確信もある。

志乃原は、俺との関係を変えようとした。それが良い変化へと昇華すると信じて、俺の額にキスをした。知り合って半年が経とうとする今、タイミングとしては決して早い訳ではない。男女の仲へ発展する期間は、人によって異なる。実際俺と礼奈《れいな》だって、交際に至るまでは三ヶ月と掛からなかった。

だというのに、何故俺はあんなにも動揺してしまったのだろうか。根源的な欲求が湧き上がったのに間違いはないが、それに加えて何らかの要因もあったように思える。その気持ちが何なのか、俺はこの一週間模索していた。

湯船に肩まで浸《つ》かると、ほうっと息が漏れた。息と一緒に魂まで出ていったんじゃないかと疑うくらい、気の抜けた音だった。

……身体が火照っているのは、十中八九湯船が原因だ。それを理解しているのに、胸中に渦巻く何かを露わにすることは叶《かな》わない。難しいことを考え過ぎたせいか、頭が重い。

俺は欲求の赴くまま、瞳を閉じた。

「先輩、開けますよ！」

志乃原の叫びで、俺は目を覚ました。脱力した身体を起こして、口を開く。

「なんでだよ、俺今裸だぞ」

「そんなこと分かって――って、起きてるじゃないですか！　なんで返事してくれないんですか心配したんですけど罰金十億円！」

「桁がアホらしい」

「むっかー！」

志乃原が折り戸越しに声を上げる。擬音を口に出すなと言おうとしたが、頭が重いのを自覚して湯船から身体を出す。

立ちくらみしそうになったが、堪《こら》えられる範囲だった。どうやら長湯をしすぎたらしい。眠っていたのがいけなかったなと、内心反省する。志乃原の焦り具合から、何度声を掛けられても反応しなかったのだろう。

湯船での睡眠は身体の構造上気絶に近いと聞いたことがある。血圧が下がりすぎて意識を失ってしまうというらしいが、先程はその状態に近かったのかもしれない。久しぶりに湯船に浸かったものだから、出るタイミングを忘れてしまっていた。

これからは眠りそうになったら速攻出ようと誓い、折り戸を開ける。

志乃原が仰天したように、俺の顔を凝視した。口をパクパクとさせている。瞳の色が綺《き》麗《れい》だなと思いながら、俺は声を掛けた。

「おう、心配かけたな」

「アッ、アッ……」

「頭おかしいんですかっ!!」

「あ？」

「ふごっっ」

絶叫と共に、おたまが頭に振り下ろされた。スコーンと小気味いい音が脱衣所に響いて、やっと俺は自分の状態を正確に把握する。産まれたままの姿で、志乃原の前に立ってしまっていた。大事な息子だけはタオルで隠れていたのが幸いだった。

ドタドタと忙《せわ》しなく脱衣所から避難した志乃原に、俺は声を掛ける。

「ごめん志乃原、長湯してたから忘れてたー」

キッチンの方向から「忘れてるのが頭おかしいって言ったんですよ！」という言葉が返ってきて、俺はもっともだと頷《うなず》いた。

そういえば志乃原が初めて朝に突撃してきた日も同じようにドン引きされたな。

懐かしい記憶を思い返しながら、俺はひとまずパンツを穿《は》いた。

◇

◆

「ごめんて」

二人で鍋をつつきながら、俺は二度目の謝罪をした。志乃原はツンとそっぽを向いて、

「怒ってないです」と繰り返した。

　取り箸で豆腐を挟もうとしたがバラけてしまい、鍋の中にぽとりと落ちる。志乃原は先程のとは別のおたまでそれを掬《すく》い上げて、俺の小皿によそってくれた。

「さんきゅ」

「ふんだ」

「怒んなって」

　俺はそう言いながら、豆腐を口に運ぶ。非常に熱い出汁《だし》が口内に広がったが、染み渡る幸福が勝って顔を綻ばせた。

「美味《うま》い」

「ふふ、そうですか。頑張った甲斐《かい》がありました」

　志乃原がいつも通りの笑顔を見せた後、しまったという顔をした。どうやら意図的に怒っていたように見せていたらしい。

「よう。ご機嫌いかが」

「ご機嫌、斜めです。どん、とん、どーんって感じです」

「ごめん全然分からん」

　俺は即座に切り捨て、牛肉を小皿に入れて卵を絡めた。クルクルと牛肉を回すと黄身がほぐれてきて、ますます食欲が唆《そそ》られる。

俺は意気揚々と箸を口に近付けると、牛肉は志乃原によって妨げられた。というより、食べられた。

「お……お前、今自分が何したか……」

「うん、お肉美味《おい》しいっ」

「返せ、俺の肉返して！」

俺が喚《わめ》くと、志乃原は咀嚼《そしゃく》し終わった後に言葉を返した。

「私が何で怒ったフリしてたのか当ててくれたら返してあげますよ」

「フリって認めてんじゃねえか！　そこは貫け！」

俺は乗り出そうとした上体を一旦戻し、クッションに腰を下ろす。怒ったフリをした理由を考えると、すぐに思い至った。

「俺の裸」

「違います。ていうかなんでそんなにサラッと言えるんですか、恥ずかしくないんですか」

「まあこれが初めてって訳じゃないし。最初泊まりに来た時、パンツ姿見られたろ」

「その時も全然恥ずかしがってなかったですけどね？」

「またまたー」

「いやいや、マジですマジ」

志乃原は溜息《ためいき》を吐《つ》いて、取り箸を小皿に置いた。志乃原の言っている通りなら俺は案外メンタルが強いのかもしれない。どちらも意図した形で見せた訳ではなかったのだが。

カチャンと軽い音が鳴って、俺は目を瞬かせた。

「先輩、私の性別分かりますか？」

「後輩」

「もしもし、起きてますか。先輩の頭はまだ眠ってるみたいなので、もう一度おたまを使うことに支障はないですね」

志乃原の笑顔が珍しく怖かったので、俺は慌てて訂正した。

「ごめん、女。もうめっちゃ女の子」

「そこに〝めっちゃ〟はいらないです」

志乃原は目を細める。俺は負けじと数秒見つめ返したが、やがてあっさり視線を下げた。

志乃原はそんな俺の反応に満足そうに口を開いた。

「そうです、私は女です。でも先輩、その事全然分かってないですよね？」

「いや、分かってるぞ。さっきの後輩ってのは冗談だよ」

「私もそれを踏まえた上で言ってるんですよ」

志乃原はムスッとした表情で言った。

「裸見られてもケロッとしてるって、私を女として意識してないからじゃないですか。私こんなに可愛《かわい》いんですよ？　それなのにさっき全く意識されていなかったのがすごく釈然としないので、怒ったフリしたんですよ」

「自分で可愛いとか言うなよ」

「言いますよ、先輩は言わないと分かってくれないので」

そう言って、志乃原は俺にズイッと近付いた。元から斜め横に座っていたため、一瞬で数センチ先に後輩の睫毛《まつげ》を捉えた。

いくら後輩といっても、志乃原だってもう大人の部類だ。ここまでされては——

動揺を隠そうと平たい表情を作っていると、志乃原が俺の頬《ほお》をクイッと摘《つま》んだ。無理やり笑顔にさせられている。俺がその手から離れようとすると、志乃原が先に口を開いた。

「私、あの日をなかったことになんてしませんからね。何となく恥ずかしいから以前のままでいいや、なーんていうのも思ってないですからね。ええ全然思ってませんとも」

「俺だって、別に無かったことにしたつもりはねえよ」

忘れられる訳がない。あの観覧車は、ただでさえ元々記憶に残っている場所だったのだ。

俺が釈明すると、志乃原はムッと口を尖《とが》らせた。

「じゃあ訊《き》きますけど。先輩、私のこと名前で呼んでくれないですよね」

「いや、だってあれは仮交際の時に限った話だろ」

そのことは志乃原自身の発言からきたもので、その件に関しては追及されても困ってしまう。俺は一息つくために、鍋に取り箸を伸ばす。だが、志乃原に腕をガシリと掴《つか》まれた。

「呼び方くらい継続してくれたっていいじゃないですか！　同い年には名前で呼ぶのに、何で年下の私には苗字呼《みようじ》びなんですか！　それならいっそ〝後輩〟って呼ばれた方が清々《すがすが》しいってもんですよ！」

「後輩」

「呼んでほしい訳じゃないー！」

「ふがががが」

志乃原はガクガクと俺の肩を揺らして抗議する。俺はひとまず鍋から肉団子を取るのを諦めて、取り箸を手放した。

仮交際が終わる直前、確かに俺は志乃原のことを真由《まゆ》と呼んだ。終わって暫《しばら》くした後も何度か真由と呼んだ気がしたが、結局苗字呼びに戻ったのはそちらの方がしっくりきたからだ。

知り合った当初の呼び方からどうも離れられず、そこまで頑張る必要はないかと思い直していた。それが志乃原にとっては不満だったらしい。

「今までずっと志乃原って呼んでたから、どうにもな。お前だって俺のこと先輩呼びから変わってないだろ」

「私はご所望であればいつでも変えられますよ。なんて呼んでほしいとかあるんですか？」

そう訊かれて、思わず唸《うな》った。今までそんな質問は受けたことがなかったし、特に何て呼んでほしいかなどは考えなかったのだ。

「悠太《ゆうた》先輩とかはどうですか？」

「長いだろそれ。悠太でいいよ」

「えっ、呼び捨て⁉ それはちょっとハードル高いっていうか……」

「じゃあ先輩のままがいい」

「それじゃ変わらないいじゃないですかーっ」

志乃原は不平を垂れるが、仕方ないと思う。人の呼び名など、一度定着してしまうと変えづらいのは明白だ。それこそ、交際などのきっかけがなければ難しい。だから仮交際という特殊な形態では、名前で呼ぶのに憚《はばか》られることはなかったのだ。

「お願いっ先輩！」

俺は肉団子をよそって、口の中に放り込む。出汁のきいた肉汁が口内に広がり、身体中《からだじゅう》に染み渡る。

……まあいつも美味しいご飯を作ってくれるし、それくらいの我儘《わがまま》は聞くのが当然か。

「真由」

「ふぇ」

微妙な反応に目をやると、志乃原は目をパチクリとさせていた。

「……お前が呼べって言ったんだろ。二人きりの時は名前で呼ぶようにするよ」

人目がある時は、名前呼びに変わったことで色々と詮索されるのを防ぐために苗字呼びを継続する。それなら、特に支障はないだろう。俺が慣れるまで少し時間を要するだろうが、美味しいご飯のお返しになるのなら安いものだ。

志乃原は俺の思惑を知ってか知らずか、暫く疑わしい眼差《まなざ》しでこちらを見つめていたが、やがて顔を綻ばせた。

「へへへー。勝った勝った」

「別に俺は負けてない。ていうか勝負したつもりもない」

「はいはい、もー素直じゃないんだから！　先輩のそういうところがとっても好きです！」

「全然聞いてねえな……」

俺は嘆息してから、鍋に残ったものをおたまで掬い上げた。肉団子を志乃原に残しておくつもりだったが、不覚にも全てがおたまに流れ込んでしまった。

志乃原が暴れないだろうかと危惧してチラリと見ると、意外にもニコニコ笑っている。

「……いいのか？」

「はい、勿論《もちろん》です」

「後でなんか要求してこない？」

「はい、ブランド品のようなものは何も」

「…………返す」

俺が志乃原の小皿に肉団子を入れようとすると、後輩は慌てて手を振った。

「いやいや、冗談です。ほんとに大丈夫ですよ。先輩がいつも残さず食べてくれるのが、なんか良いなーって微笑《ほほえ》ましかっただけなので」

「そ、そうか」

元々俺は量を沢山食べる方ではないし、食に拘《こだわ》りがある訳でもない。拘りがあれば、一人暮らしをしていたって自炊なりなんなりするはずだ。

スーパーの惣菜《そうざい》すら買わずに、コンビニ弁当で済ます日が多かったのがそのことを証明している。

それにもかかわらず志乃原の料理を毎度完食するのは、味が良いからだ。だが無論、味以外にも要因はある。

「……今更なんだけどさ」

「はい」

「手料理っていいよな」

出汁がきいた肉団子を食べながら、俺はポツリと呟《つぶや》いた。

お店で出てくるのと比較すると、味は敵《かな》わないのかもしれない。だが確実に、幸福感は上をいく。俺も料理を覚えたら、人に幸福だと思わせることができるのだろうか。

……それなら、料理を覚えてみるのも悪くない。この鍋を越えるようなものを作ったら、きっと喜んでくれる人はいる。

知り合って間もない志乃原がこの家へ訪れた際、俺に料理を教えてくれようとした。それが流れてからは教えを乞う機会はなかったが、今がその時かもしれない。

何となくそう直感して、口を開いた。

「鍋って手料理なんですか？」

言葉を発する前に、志乃原の無垢《むく》な問いかけが俺を襲う。

俺は無言で、開けた口に肉団子を放り込んだ。

第2話　梅雨入り

雨が止《や》まない。

気象庁がついに梅雨入りと明示したこともあってか、一週間以上青い空を見ていない。

曇天から降りる重苦しい気圧が全身に伸《の》し掛かり、外気へ触れるのを本能が拒否している。

だが、講義の開始時間は待ってくれない。

時計の針は刻一刻と進んでいき、ついに開始一時間前になった。

「…………動きたくねえ」

自分以外いない部屋で、俺は深い溜息を吐《つ》く。

毛布を剝《は》がして上体を起こすと、もう一度横になりたい衝動にかられる。

悶々《もんもん》とした時間を過ごしていたが、今日は一つの約束があった。

俺は寝惚《ねぼ》けた頭を覚醒させるため、カーテンを開けて外を覗《のぞ》く。

曇り空は、俺を半分しか起こさなかった。

◇◆

「おはよ。眠れなかったみたいね」

彩華《あやか》は俺の顔を見るなり、そう言った。

ホワイトのノースリーブに、彩度の高いグリーンパンツ。黒い光沢を放つハンドバッグは、最近購入したものだろうか。

気圧を吹き飛ばすほどの鮮烈な彼女の容姿に、道行く男子学生が数人振り返っている。

「なによ」

「え、いやなんも」

俺はかぶりを振って、駅の構内を歩き出す。

最寄駅から大学までは、徒歩十分ほど。

昨日の夜、彩華から『一緒に大学行こ』という誘いがあった。帰り道の誘いはあっても、行き道でのそれは珍しい。

この数週間、俺は彩華と全く会えていなかった。

今までは何気ない会話から予定を組むことが多かったため、顔を合わせなくなると自然と話す機会も少なくなる。

メッセージはお互いが忙しい際は返さない日もあったりと、比較的ルーズな連絡頻度。とはいえ、二週間以上メッセージ上の連絡さえ取れなかったのは高校生以来かもしれない。

「お前、傘は？」

彩華が手に何も持っていなかったので、俺はそう確認する。傘が無くては、駅構内から一歩でも出た瞬間にずぶ濡《ぬ》れだ。

彩華は怪訝《けげん》な表情を浮かべた後、自分が傘を持っていないことに気付き、目を大きく見開いた。

「やばっ、電車の中だ」

「うわ、それは終わったわ」

俺は呆《あき》れた声を出す。

こうしている間にも雨足は一段と強くなっており、横から叩《たた》くような雨へと変移していた。

「ちょっと駅員さんに伝えてくる！」

彩華はそう言って、窓口へと駆けていく。

小さくなっていく背中を眺めていると、視界の隅に一閃《いっせん》。

落雷が轟《とどろ》き、雨がバケツをひっくり返したような勢いになる。

靴の中に水が浸食してこないかが心配だ。帰り道ならまだしも、靴下が濡れた状態で講義を受けるとなればどうしても憂鬱になってしまう。

だからといって雨が収まるまで立ち止まっていては、講義に遅刻してしまう。せっかく早起きしたのだから、それは避けたいところだ。

この数週間、俺は一度も遅刻や欠席をしていない。

大学三年生となり、卒業まで必要な単位が少なくなってきたことも理由の一つ。だがそれ以上に、誰かから影響を受けている……そんな気がしている。

元を辿《たど》れば、俺は一年生の秋頃まで無遅刻無欠席だった。

それが学生として当たり前のことだと思っていたし、講義が昼からしかないような日にはこんなに楽をしていいのかとすら感じていた。

だが、慣れは怖い。

サークルの先輩が講義をサボって遊び、そんな状況下でも単位を取得していく姿を見て、自分も試しにサボってみようと考えたのが始まりだった。

一度講義を欠席して、気付いてしまったのだ。

誰からも怒られない。誰からも縛られない。全てが自分の裁量権の範疇《はんちゅう》で。今までの学生生活では味わえなかった自由が、俺のこの手にあるのだと。

何度かサボると次第に罪悪感は薄れていき、出席点がある講義以外へ行くモチベーションは下がった。

それが最近になって持ち直してきたのは、恐らく志乃原真由《しのはらまゆ》の影響だ。三年生に進級した日、あの後輩は俺の隣を上機嫌に歩いていた。

——分からないことが分かるようになるって、良いことじゃないですか。

今の俺から見ても、眩《まぶ》しい考え方だ。

だが、その考え方が溌剌《はつらつ》とした性格を生むのなら、真似《まね》をしてみたい。彼女の純粋さを、俺は素直に羨んでいる。

「ねえ、お願いがあるんだけどさ」

背中を指でなぞられて、「ほわっ!?」と情けない声が出た。

それからすぐに振り返ると、彩華がニヤニヤと笑みを浮かべている。

「なに、今の声。ほわって言ったの？　可愛《かわい》いじゃない」

「う、うっせ！　急に触んなよびっくりするだろ！」

「あはは、ごめん。なんか触りたくなって」

「お前それ何の弁明にもなってねえぞ……まあいいけど」

以前にも同じような会話をした気がするが、付き合いの長さから鑑みるに一度や二度ではないだろう。

二人だけのノリというのは、仲が深まると自然と出てくるものだ。

「で、傘はどうすんの？　変わらず手ぶらだけど」

彩華は腕にハンドバッグを掛けているだけで、雨から身を守るものを手に取る様子はない。

電車に忘れた傘は当然すぐに取り返すことはできなくても、駅から傘を借りると踏んでいたのだが。

「じゃ、行くわよ」

「は？　おい待てって」

そのまま土砂降りの外へ出ようとする彩華を、慌てて追い掛ける。

ギリギリのところで俺の傘が間に合い、彩華を雨から守ることができた。大玉の雨粒がビニールを激しく叩いている。

「……俺が傘差さなかったらどうするつもりだったんだよ」

「その時は大人しく濡《ぬ》れるだけね。せっかくのメイクが取れちゃうけど、仕方ないわ」

「アホか。風邪引くだろ」

「いいじゃない、結果的にあんたは来てくれたんだし」

「そりゃ普通は行くだろ。お前が後で困ることなんて明らかなんだし」

俺がそう答えると、彩華はピタリと足を止めた。

大きめの傘だったが、俺と彩華を完全に覆い隠すことは叶《かな》わず、俺たち二人の肩は濡れ始めている。

少しでも彩華が濡れないように、傘を彼女の方へと傾けた。

「困ることは明らかだって分かったらさ、絶対に助けなきゃいけないのかな」

激しい雨音の中、彩華は静かに訊《き》いてきた。

何とか聞き取ることができた俺は、小首を傾《かし》げる。

「なんだそれ。普通助けるだろ」

「へえ。あんた、誰に対してもそうなの？」

「うーん……まあ、時と場合によるだろうけどさ。基本的にはそうあるべきなんじゃないか」

勿論《もちろん》、程度による。自分ではどうしようもできないのが明白ならば、諦める他にないだろう。

だが自分が助けになると分かっているのなら、行動するべきだ。

「そ。お人好《ひとよ》しね」

「お人好しか？　普通だろ」

俺が言うと、彩華がこちらをチラリと見た。

「普通は、自分を優先すると思う。私は——ずっとそうしてきたし。多分これ、あんたに言ってたと思うけど」

「ふうん……」

どちらが普通か、なんて論争は不毛だ。自分なりの解釈が世間一般に通じると思いたい時に、〝普通〟という単語を使用する。このご時世、普通を強制される状況こそ普通じゃない。

だが、彩華が言いたいのはそんなことではないのだろう。

それを推し量ることはできるものの、中身までは分からない。一つだけはっきりしているのは、彩華の顔がいつもより少し暗い気がするということだ。

物憂げな表情は、低気圧に影響されてのことだろうか。

こんな彩華の表情を目にするのは、随分久しぶりだった。

それでも、この場で訂正しておきたいことがあった。

「高二の時は、俺を優先してくれてたろ。あの状況で他人を助けようとするやつは、きっと誰だって助けるよ」

そう言ってから、少し付け足す。

「勿論、度合いによるけどな。お年寄りに席譲るとか、そういう行動は彩華だってするだろ」

「……まあね。でも、それは——」

彩華が何かを言いかけた時、耳をつんざくような音が鳴った。僅かに地面が震えた気がして、思わず身が縮こまる。

先程のより鋭く、規模の大きい雷が付近に落ちたようだった。

辺りがざわついていることから、皆《み》んなも度肝を抜かれたに違いない。おヘソを守るジェスチャーをしている学生がいて、微笑《ほほえ》ましい気持ちになった。

「うっへー……でっけー雷だったな。早く大学行こうぜ――って、おい」

腕がガシリと摑《つか》まれていた。

彩華が俺の二の腕にすがりつき、猫のように背中を丸めている。

「あれ、お前雷苦手だったっけ？」

俺が訊いた途端に曇天がまたゴロゴロと唸《うな》り、彩華が身体《からだ》をビクリとさせた。

「……に、苦手じゃないわよ。びっくりしただけ」

「嘘《うそ》つけ、苦手だろ」

「苦手じゃない」

即座に否定されてしまうが、腕に伝わってくる震えから怖がっているのは明らかなように思える。

「苦手――」

「苦手じゃない」

食い気味に言われて、俺はやっと諦めた。

どうやら彩華に雷嫌いを認めさせることは無理そうだ。

大通りで横並びに立ち止まる俺たちを、通行人が避《よ》けていく。通行人といってもこの道を通るのは殆《ほとん》どが同じ大学の学生なのだが、迷惑になることには違いないので彩華を道の端へ誘導する。

こんなことなら駅に戻った方が良かったと思い始めた時、彩華が言った。

「なによ。襲う気？」

「ちげえよ。もう良さそうだな、ほら放せ」

俺がブンと腕を振ろうとすると、彩華が力尽《ず》くでそれを止めた。

「ゴリラかな？」

「潰すわよ」

彩華のこめかみがピキリとした気がして、俺は小声で「ごめんなさい」と謝罪する。殆ど脊髄反射のようなものだ。美人は怒ると、迫力がすごいのだ。

「私が怖いのは、外出中に起きる至近距離の落雷だけよ。今はその余韻が続いて敏感になってるだけだから」

「ハッ、やっぱ怖いんじゃねえか」

「うっさい！」

「ぶへえ！」

頭頂部をスパンと叩《たた》かれて、間抜けな声が出る。

中々に理不尽ではあるが、ここまで彩華が動揺しているのはかなり珍しい。貴重な体験ができたと思って納得するしかない。

「……うん、あんた叩いたら落ち着いた。行きましょうか」

「落ち着き方が物騒すぎない？」

「あはは、ごめんごめん」

彩華はウインクして舌を出す。……全く反省してないな。

気を取り直して歩を進めると、彩華の足取りはすっかり元に戻っていた。もう一度雷が落ちれば面白いなとも思ったが、心なしか雨足はマシになっている。

これでは彩華の面白い姿はもう見られそうにない。

「……ん？　落雷で忘れてたけど、俺ら結構真面目な話してなかったっけ」

俺が質問すると、彩華は肩を竦《すく》めた。

「あー、そんな気がする。でももういいわ、その話続けたらまた雷落ちそうだし」

「……意外だ、ほんとに怖いんだな」

高校の時からの付き合いでも、たまにこうして新しい一面が垣間見《かいまみ》える時がある。思い返せば、確かに彩華と外出中に先程のような規模の大きい落雷には遭わなかったかもしれない。

不謹慎だが、もう一度落雷してくれないだろうか。しかし一向にその気配がないので、俺は真似をすることにした。

「ピシャーン！」

「は？」

雷の真似をした俺を待っていたのは、彩華の冷め切った表情だった。

◇◆

一限目の講義室はいつもよりだだっ広い。

今日の講義は、コミュニケーションを題材にしたものだ。

履修登録期間内、必修単位の中にこの講義を見つけた時は目を疑ったが、大学側にも考えがあるに違いないと思い至った。

例えば就活の時期が近付いてきた状況下でこうした取り組みを早くから進めておき、学生一人一人の意識を上げておきたいなど。

この講義は全学部共通で受けられることから、恐らく俺の予想は外れていないはずだ。

当然そんな講義に参加する学生は数多く、幅広い。だからこそ意義があるのだろうが、俺から言わせれば嫌がらせとしか思えない。

毎度のごとく後ろの席や隣の席とグループを作らせてはディスカッションをさせるので、否《いや》でも応《おう》でも頑張らなければならないのだ。

これが卒業に必要な単位だなんて、タチが悪い。

この講義を自らのコミュニティを広げるチャンスと捉える人ならば、美味《おい》しい単位になるのだろうが。

あいにく俺はこうした講義を面倒と捉えてしまう部類なのだが、隣にいる彩華は違う。

この講義がまだ三度目くらいの時から、彩華の顔は既に広まり切っていた。

それまで見たことのなかった人たちと手を振り合ったり、口パクでジェスチャーしたりしている。

俺は存在感を消してそれを眺める。雷が落ちた訳でもないのに身を縮めるのは、何とも情けない気分だ。

ひとしきりの挨拶を終えると、彩華は明るい声色で言った。

「さ、今日の講義も楽しみね」

「ああ……憂鬱だ……」

俺はこの講義に知り合いは彩華以外に一人もいない。

彩華はいつもコミュニティを広げるために何処《どこ》かへ行ってしまうので、必然的に俺は見知らぬ人と話すことになる。

そして彩華のように手を振り合う仲になった人は誰もいないから余計に憂鬱なのだ。

そんな俺の気持ちを彩華は全く察していないようで、キョトンとしていた。

「なんでよ。あんた、バレンタインパーティの時は知らない人と上手《うま》くいってたじゃない」

そう言われて、俺は溜息《ためいき》を吐《つ》く。

「あのなあ。パーティとこの講義は全然違うんだよ。彩華には分からないかもしれないけど」

「へえ、何が違うのよ」

彩華は興味深そうな声色を出した。

「バレンタインパーティは、皆んな出逢《であ》いを求めて参加してた。この講義はみんな単位を取るために参加してる。その差だよ」

「え？　関係ある？」

駄目だこいつ早くなんとか……してはいけない。能力があるのは彩華の方だ。

「要は人と知り合う時のモチベーションの違いだよ。能動的か受動的か。後者同士で話し合っても、盛り上がる訳ないだろ」

そこまで俺が言うと、彩華は「なんだ、そういうこと」とあっけらかんと笑った。

「じゃあ、今日はあんたに付いててあげる。あんたにも新しい話し相手作ってもらうわ」

名案だという表情を浮かべる彩華とは裏腹に、俺はげんなりした。

彩華が場にいると、皆んな彩華に気を取られるのであまり効力がないように思える。講義においては、俺は一人で大人しく時間が過ぎるのを待っておきたい。

「ほら、行くわよ」

「へーい」

とはいえ、友達が増えれば助かるのは確かだ。この講義以外にも、他学部の学生と一緒に受けるものは存在している。卒業までの単位を確実に取得していくためには、友達の存在は重要な要素だ。

「まあ、彩華がいれば何とかなるんだけどな」

「私がいなくなったらどうするつもりなのよ」

「彩華はいなくならないだろ」

「何の確信よ、それ」

彩華と視線が交差する。目が合っていたのは数秒にも満たない刹那だったので、思考を読むことはできない。

「落雷で私が打ち砕かれる可能性だってあるでしょ？」

「お前、結構引きずってるのな……」

思いの外、先程の落雷は彩華にダメージを与えているらしい。

天敵が自然現象だなんて彩華らしいなと思いながら、彼女の背中について行く。辿《たど》り着いたのは講義室の真ん中で、人は疎《まば》らだった。

まだ後ろの席には誰もおらず、少々安堵《あんど》して腰を下ろす。

「あんたはどんな人が来てほしいとかあるの？」

「話しやすい人がいい」

「うーんそうなんだけど、そうじゃなくて……」

当たり障りない話を、どんどん広げてくれる人。俺が求めるのはそれだけだ。

彩華が傍《そば》にいれば俺は何もしなくてもいいような気がするのだが、講義を受けるからには頭を切り替えたい。

今までの俺ならどうサボるかを考えていたから、我ながらマシな学生になったと思う。

「彩ちゃん！　悠太《ゆうた》もいるし！」

不意に声が飛んできて、彩華から視線を外す。

三年生たちが行き交う通路を掻《か》き分けて近付いてくる、ショートボブヘアに丸メガネが特徴の女子。

三日月形のイヤリングを揺らしながら歩み寄る月見里那月《やまなしなつき》が、眼前で立ち止まった。

「おー、那月もこの講義受けてたんだな」

俺が口を開くと、那月は不満げな顔をした。

「私、前回悠太の二つ後ろの席だったよ？」

「……まじで？　ごめん、全然気付かなかった」

「うわ、酷《ひど》い。まー声掛けるタイミングなかったし仕方ないけど」

那月は口を尖《とが》らせてから、俺の後ろに着席した。

彩華はそんな那月の様子を見て、意外そうな口振りで言った。

「那月ってやっぱりこいつと相性良いよね。クリスマスの合コンの時から思ってたけど」

彩華の言葉に、俺と那月は顔を見合わせる。

元坂《もとさか》が酒で粗相していた、あの合コンか。インパクトが強すぎて、あの日のことは未《いま》だに鮮明に思い出せる。確かに雰囲気が悪い中で、俺と那月だけは唯一話が盛り上がっていた。

那月もそれを思い出したのか、少し恥ずかしそうに頭を掻《か》いた。大きい伊達《だて》メガネの向こう側で、視線が彩華に移るのを視認できた。

「まあ、漫画とかアニメの話できる人が珍しくてさ。ほら、私たちのサークルってそういう人いないじゃん？」

「そういう人って？」

「オタク気質、みたいなさ」

那月の発言に、俺は意外な気持ちになった。

以前礼奈《れいな》がこの大学に訪れた日、那月は自身がオタクと呼ばれることに抵抗があると言っていた。その理由は世間体を気にしてしまうから――だが、そんな自分もいずれは変えたいと。

右手にハイタッチの感触が蘇《よみがえ》った気がした。

那月も変わろうとしている。

それが無性に嬉《うれ》しくて、俺は口角を上げた。

「なにニヤついてんのよ」

彩華に目敏《めざと》く指摘され、俺はブンブンとかぶりを振る。

「俺も漫画好きだから、嬉しいんだよな。コアな話できる相手、あんまいないし」

「まあ……確かに、私も漫画はあんたに勧められたやつしか読まないしね。それでも結構な数になってるのが自分でも驚きだけど」

彩華が小さく息を吐くと、那月は目を輝かせた。

「彩ちゃんも漫画読むの!? そういえば、彩ちゃんとそういう話したことないね。『ハイキュー!!』読んでる? 悠太にはもう勧めてもらった?」

「あっそれ読んだ! 他のスポーツ物と比べて――」

彩華が続けようとしたところで、講義室内のざわめきが落ち着いた。

視線を入り口に向けると、壇上で教授が準備をし始めたところだった。

思い思いに喋《しゃべ》くっていた学生たちが、席の確保へと意識を切り替えていく。俺たちの周りの席もあっという間に埋まり、空席は教授と至近距離のところだけだ。

講義が始まるまであと五分あるが、やはり教授が入室すれば空気が変わるものだ。この教授の講義は特にそれが顕著だった。那月が口を噤《つぐ》んで、乗り出していた半身を席に戻す。

——その時だった。

「彩華じゃない」

真横から声がして振り向くと、構内で何度も見た顔があった。

薄い唇に、切れ長の目。目尻をアイラインで引き上げているため、視線に力強さを感じさせる。真紅のシャツにピンクゴールドに染め上げた髪を後ろで束ねている容姿は、講義室で際立った存在感を放っていた。

名前は確か——

「明美《あけみ》。あんたもこの講義受けてたのね」

そう、明美さんだ。名字までは知らないが、たまに彩華と話しているところを見た事がある。

向こうも俺に気付いたらしく、「ありゃ」と声を漏らした。

「仲良いねーほんと。君らやっぱ付き合ってんの？」

「違うわよ」

彩華がこともなげに否定すると、明美は口を尖らせる。

いなー」

「えー、そんなずっと仲良いのに？　そういうところだけは、彩華も中学から変わってな

――中学。

俺が知り得ない、美濃《みの》彩華の中学時代。

明美の言葉に、彩華の表情が若干強張《こわば》った気がした。

「あんたの調子はどうなの。最近あんまり喋ってなかったけど」

「調子？　バスケのこと言ってるなら、私は絶好調よ」

「そう」

彩華は短く返事をして、口角を上げた。上げたように見せた、という表現が正しいかもしれない。

俺から見れば、どうもぎこちないという印象が拭えない。

「彩華、ほんとにもう戻る気ないの？」

何の話をしているのか。思案しようとすると、彩華の発言がそれを妨げた。

「明美。――忘れたの？」

怜悧《れいり》な声色が、周囲数メートルの空間を凍らせる。

視界の隅で、那月が完全に硬直している。那月が彩華のこうした声を聞いたのは初めてに違いなかった。……俺でさえ、殆《ほとん》ど耳にすることがないのだから。

明美は眉をピクリと動かしてから、「アハハー」とわざとらしい笑みを作った。

「分かってるって。じゃ、私は彼氏と約束あるから行くね～」

ひらひらと手を振って、明美はこの場を後にした。

歩調は軽く、今しがたの空気に動揺している様子はない。そして明美が座った席の隣には元坂遊動《ゆうどう》がいて、俺は「ゲッ」と声を出した。

彩華も同じく元坂を視認したようで、驚いたような反応を見せた。

元坂は彩華の視線に気付くと、陽気に手を挙げてくる。俺に対しても同様のジェスチャーをしてきたので、仕方なく応える。

元坂はそれから面白そうに笑っていたが、明美に袖を引っ張られると二人だけの世界に戻っていった。

「……元坂くん、由季《ゆき》と付き合ってるんじゃなかったんだ」

「別れてすぐ付き合ったんじゃね？」

これまでの元坂の言動を考えれば、不思議な話ではない。

だが、今の俺にはそんなことはどうでもよかった。

先程の彩華の声色が、言葉の形を取らないまま頭の中で響き続けている。

「今日の講義ではアイスブレイクを学びます。基礎的なコミュニケーションの範疇《はんちゅう》に入りますが、これを意識的にできるようになると円滑な──」

教授の言葉が、まるで頭に入らない。

後ろで那月がペンを走らせている気配がして、それが心の乱れを打ち消そうとしている動作のように思えた。

隣に座る彩華は、教授を目を細めて見つめている。……いや、教授を見つめている訳ではないのが俺の勘だ。

その瞳が映しているのは、恐らく過去の記憶。かつて高校で初めてまともに言葉を交わす直前に、教室から似たような表情で外を眺めていた。

親しい仲なのに知らない事情がある。それ自体は当然の話だと理解していても、全く寂しさを感じないと言えば嘘《うそ》になる。軽々しく踏み込んではいけないと感じさせる空気が漂っている中で、俺はこうして考えることしかできない。

それが些《いささ》かもどかしく、俺は下唇を噛《か》み締《し》めた。

現状維持を選ぶ俺にはお似合いの思考回路なのかもしれないと心の中で自嘲的に笑ってみたものの、これでは情けない気持ちになるだけだ。

……言いたいことは言葉にする。あの一件で俺だけ変わらないなんて許されない。

俺は、無理やり口をこじ開けた。

「なあ。何に緊張してたんだよ」

「え？」

「別に以前にあの人と何があろうが、今の俺たちには関係ないぞ」

教授がいつも以上に饒舌《じょうぜつ》にコミュニケーションについて語っているが、聴覚が彩華の反応一つに集中しているため、日本語として聞き取れない。

しかしその甲斐《かい》虚《むな》しく、彩華の息遣いからは何も感じることができなかった。

励ましたつもりだったが、手応えは皆無に等しい。

「そうなのかもね」

やがて返された言葉には、感情が込められていなかった。コミュニケーションを円滑にするための、機械的な返事。

就活が始まるとこんな上辺の付き合いが増えるのだとしたら、憂鬱になってしまう。だが現状で最も重大なのは、彩華にそれが適用されることだった。

彩華との関係の中では、ずっと言いたいことを言い合える仲が続くと、漠然と信じている。

だが、社会人になって喋る時間が減ったとしても、この関係性だけは維持していけると。

彩華の考えは——分からない。温泉旅行では変えようとしたように思えるし、先日自宅に看病しに来てくれた際の行動は、現状維持のためだと察している。

二つの行動は矛盾しているようだが、その実そうではない。時間の経過が、彩華の考え方に変革をもたらした。あるいは、何かのきっかけがあった。そう考えると自然なことで……何が要因になっているのかも、俺には分かる気がする。

「集中しなさいよ」

少し困ったように俺へ視線を流す彩華は、一体何を考えているのだろう。〝分からない〟だけで、これ程心に暗澹《あんたん》たる気持ちが渦巻くなんて。

「前見なさいって」

彩華の指先が、頰《ほお》にツンと触れる。押し出される形で、視線が彩華から教授へと移る。

頰から空気がぷしゅっと漏れて、間抜けな音が出た。

彩華はその様子にクスリと笑う。

……まだ、大丈夫。

窓がない講義室に雨の音が聞こえる錯覚を覚え、俺は頭を大きく横に振った。

◇

◆

「づがれだ……」

思わず天井を仰いだ。身体《からだ》に鉛が載せられているような疲労感。

アイスブレイクとやらを乗り越えた証《あかし》である鐘の音が、講義室に響き渡っている。アイスブレイクは氷を破壊する訳ではなく、場に漂う緊張を解《ほぐ》すための手法のことだった。仕事などでこのアイスブレイクを遂行すれば、初対面の人が集まる場でコミュニケーションが円滑になり、より効果的な活動に繋《つな》げやすいらしい。

無理に横文字を使わないでくれという感想を抱いていたら、バチが当たったのか今日の講義はこれまでで最も過酷なものだった。

一時間の間に、初対面の学生十数人と話をしたのだ。

幸福な気持ちで鐘の音を聞き届けていると、隣で彩華が腰を上げた。

「じゃ、私次の講義あるから」

「おう……」

椅子に預けていた体重を戻して、俺は改めて彩華の表情を窺《うかが》う。講義中、那月も交えて喋《しゃべ》っている間はいつも通りだった。普通に笑っていたし、場の緊張をほぐす能力はグループの中でも頭ひとつ抜けていた。

それでも、やはり不安は残る。いつも通りという現状に、形容し難い不気味さを感じている。そんな思考回路に罪悪感を覚えるも、払拭することもできない。

胸中を言語化しようとしても、俺の語彙力では難しいのも自覚していた。

「ん？」

彩華が怪訝《けげん》な顔をして、俺に視線を返す。

明美との会話は、明らかに俺の知らない過去を孕《はら》んだものだった。だが、今それを指摘しても仕方のない話かもしれない。彩華はまだ俺に話すつもりがないし、あったとしてもこの休み時間では短すぎる。

「いや。お前は疲れてないのかなって思って」

結局、俺はそんな言葉で場を纏《まと》めようとした。後ろで、那月が小さく息を吐くのが分かった。

彩華は目を瞬かせて、ニコリと笑う。いつも通りの明るい表情だ。

「あんたもそろそろ就活意識し出さなきゃいけないんだし、今のうちに慣れてた方がいいわよ」

「……へーい」

気の抜けた返事とともに肩を竦《すく》めると、彩華は苦笑いしてから手をひらりと振った。

「じゃね。那月も、また」

「あっ、うん。またね」

振り向くと、那月は慌てたように笑顔を見せる。彩華と違い、作為的な色を察してしまう。

彩華の背中を見送りながら、俺は口を開いた。

「……わざとらしい」

那月は俺が何に言及しているのかを把握しているようで、頬を膨らませた。

「だって、怖かったんだもん」

「それはまあ……確かに」

迫力があるだとか、そんな単純な怖さではない。だからこそ、自然すぎる笑顔が余計に深く脳裏に刻まれた。

俺自身、最も互いを理解していると思えるのが彩華という存在だった。一般論に当て嵌《は》めるのならば——互いが心地いいと思える空間が同一だったからこそ形成された関係。両者で作る空間に居心地の悪さを感じた途端、瓦解してしまう脆《もろ》さも孕んでいる。

そんな一般論が俺と彩華の仲に適用されることに、何故《なぜ》か無性に腹が立った。だがその感情の矛先はどこにも向かわず、頭の中でぐるぐる回るだけだ。

「今さっき、ヒヨったでしょ。色々訊《き》きたかったくせに」

「うっせ。二人の時に訊きたいって思っただけだ」

俺はそう答えて立ち上がり、出口へ歩を進める。那月も少し遅れて後ろをついてきた。

「念のために言っとくけどさ。私も彩ちゃんの友達だからね」

「そりゃそうだろ」

「え？　あ、うん」

那月は肩透かしを食らったような声色で返事をした。

確かに、那月は礼奈と親友なのかもしれない。だが那月が彩華と愉《たの》しげに会話をしている姿も何度も目にしている事実は変わらない。

二人の仲が良くないからといって、那月が交友関係をどちらか切らなければならないなんて暗黙の了解は、大学生にでもなればないに等しい。俺と那月がこうして喋っていることが、その証拠だ。

そもそも元を辿《たど》ればあの二人の仲に亀裂が入っているのは全て俺が原因だから、どの立場でそんなことを考えているんだという話ではあるのだが。

「そういや那月、テストお疲れ飲みの時は彩華になんかいまいちな反応してたよな」

彩華が副代表を務めるアウトドアサークル『Green』は、人気のため所属するにはエントリーシートでの選考を突破しなければならない。エントリーシートに記載されている自己PRから、サークルに馴染《なじ》めそうな人を選出し、心地良い環境を維持していく。だからサークル員は毎日楽しそうで、その話に憧れた新入生が毎年数多く選考に参加する。

しかし、選考には顔の良し悪《よあ》しが関係するという生々しい実態があった。彩華もその話を知った際は嫌悪感を示したらしい。テストお疲れ飲み会で那月が言及したのは、そのことについてだ。顔選考に最も恩恵を受けた存在が彩華だというのが皮肉な話だと言っていた。

那月もようやく思い出したようで、「いやいやいや！」と首を横に振った。

「だから、あれは違うって。なんて言うのかなあ、間違いなく本音ではあるんだけど、うーん、客観的に見たらそうだよねっていう話で……っていうかなんで急に？」

「そういう理由で、他の人と揉《も》めることもあったのかなって思ってさ。那月とは友達だろうけど」

大学に入ってから、彩華についてマイナスな話は聞いたことがない。だから俺も安心していた。

だが志乃原や明美といった中学時代を彷彿《ほうふつ》とさせる存在には、彩華は表情を曇らせる。

大学構内で初めて聞いた、彩華の怜悧《れいり》な声色。俺の知らないところで、何度も発していた可能性だってある。

「彩ちゃんの心配してるの？」

「うん。ちょっとだけな」

「えー、悠太が彩ちゃんのどこを心配するのよ」

「もうちょいオブラートに包んでくれない？　俺のハートだって傷付くんだぞ」

「あはは、ごめん」

那月が肩を揺らして笑う。そんな様子を尻目に、俺の不安は募っていた。

あいつは今、素を出せているのだろうか。

那月の言う通り、求められてもいない懸念をしてしまう。

外向きのコミュニケーションは、これから社会人になるにあたって間違いなく必要なスキルだ。

それを踏まえても、彩華は本音を語り合う仲の人間をあまりつくっていないように思える。この場にいる那月にだって、完全に気を許しているようには見えない。

今までは、それ自体について深く考える機会はなかった。高校二年の時の榊下《さかきした》との一件が彩華の価値観を変えたのだと確信していたから、彼女の変化を自分のことのように嬉《うれ》しく感じていた。異性では自分にだけ素を見せてくれるという状況も、歪《ゆが》んでいるかもしれないが俺は間違いなく嬉しかった。

だが、俺は大学に入ってから初めて彩華を案じている。

俺が美濃彩華という存在を知ったのは高校生になってから。中学時代の彼女の姿は、写真一枚だって見たことがない。俺は──

「ねえ、別に中学時代なんて関係なくない？」

「え？」

思考を止めると、那月が呆《あき》れたように丸メガネをクイッと上げた。

「今の彩ちゃんが悠太を信頼してることくらい、私にも伝わってるよ。それでいいじゃん」

──今のあんたの気持ちはどうなの。

以前に言われた、彩華の言葉。彩華が素を出しても、那月なら受け入れてくれそうだ。

いくら明美が予想外の言動をしていたとしても、那月に一定以上の信頼を置いていなければあの冷たい雰囲気を作ったりはしないはず。……そこに気を配る余裕がなかったという線も勿論《もちろん》あるけれど。

俺の思考を知る由もない那月は「そう思わないの？」と続けた。

「……思うよ。悪い、そうだよな」

どちらにしても、結論は変わらない。確かに、いつだって重要なのは今この瞬間だ。いくら過去が今を形成しているとしても、彩華が話すことを望んでいないのであれば大人しくするのが賢明だろう。

那月にお礼を伝えようと、振り返る。

すると後ろから明美と元坂が降りてきているのを視認して、思わず閉口した。

先に俺の視線に気付いたのは元坂だった。白い歯を見せて近寄ってくることから、悪い印象を持たれていないのかもしれない。だが、志乃原の一件もあるから完全に打ち解けるのは難しいだろう。

「よっ、羽瀬川《はせがわ》。隣は彼女か？」

「ちげーよ、高校生かお前は」

思わず買い言葉でそんな返事をしてしまう。那月も同様に「そうだよ、ムリムリ」と反応した。それはそれで失礼だと嚙《か》み付きたくなったが、グッと堪《こら》える。

隣にいる明美は、那月を興味深そうに眺めていた。切れ長の目が、上から下へと動く。品定めをしているような視線に、那月は戸惑ったように首を傾《かし》げる。

「丸メガネ似合ってるね」

「え？」

　那月は少し驚いた声を出した後、「ありがとう」と言った。

　丸メガネへの感想を言い残した明美は、元坂を置いて講義室を後にする。最後に見えた横顔は口元を緩めていたが、何か含みのある表情に感じた。

「なんだったのかな」と那月は言うと、元坂は「さあ」と肩を竦めた。

「さあって、お前の彼女だろ」

　思わず俺が口を出すと、元坂はあっけらかんとした顔で答えた。

「彼女だけど、何考えてるかは知らねーよ。最近付き合ったばっかだし」

「何で付き合ったんだよ……」

「だって結構綺麗《きれい》じゃん。彩華ちゃんタイプ？　強気って感じも良いよなー、燃えるぜ！」

「あーハイハイ」

「なんだその返し、羽瀬川が訊いてきたんだろーが！」

　元坂が俺の肩をバシンと叩《たた》く。

　ツッコミで叩かれるほどの仲に発展させた覚えはないが、揉めるのも億劫《おっくう》なので何の反応も示さないでおくことにした。

「ねえ悠太、そのまま会話続けるなら一旦私のこと紹介してよ」

那月の言葉に、元坂はケラケラと笑った。

「だっは、なんか彼女っぽい！　いいねー、なんかお似合いって感じするよ」

「ちょっと、よしてよー」

「ライン交換しない？」

「こ、この流れで？　……まあいいけど」

目の前で、元坂と那月がＱＲコードで連絡先を交換し始める。初対面の相手とのコミュ力はさすがだなと、認めたくはないが思ってしまった。

元坂はスマホの画面を操作しながら、嬉しそうに口を開く。

「〝那月〟さんね、綺麗な名前！　よろしくね～これから」

「うん、よろしく元坂君」

那月は笑って答えているが、流されてしまった、という感情が表に出ている。

酒の席に誘われた時には注意が必要だと、後で提言しておこう。

「羽瀬川も俺と交換しとくか？」

「遠慮しとくー」

「分かった。じゃあ那月さん、羽瀬川に俺の連絡先送っといて」

「一ミリも分かってないなお前！」

「ははは、じゃあよろしく！」

元坂はそう言って、講義室から出て行った。

明美の姿は無かったが、この現場を目撃されたらどうするつもりだったのだろうと疑問に思う。面倒事に巻き込むのは勘弁してもらいたいところだ。

「なんかねー、あの一瞬で見下された感じがした」

「え？」

元坂の背中から視線を移すと、那月は眉を僅かに顰《ひそ》めていた。

見下されたというのは、十中八九明美の先程の態度に言及している。

「……考えすぎだろ」

「うーん。そうだといいけどね」

那月の表情に陰りが見える。俺が声を掛けようとすると、先に那月が言葉を放った。

「彩ちゃん、口振りからして昔は仲良かったんだよね。あの明美って人と」

「……そうだろうな。彩華はともかく、明美さんはそんな感じだったし」

名前で呼び合っていたことから、俺たちの認識は間違っていないと思う。

「昔、彩ちゃんも人を見下してたりしてたのかな」

「それはないだろ」

「……なんで言い切れるの？　だってもう七、八年前の話だよ」

中学一年生から換算すると、それくらいになるのか。確かに、そうして数字で示されると色々と考えてしまう。

中学生から大学生に至るまでの期間は、思春期を通り、人格が形成される過程において重大なものであることは疑いようもない。

中学で不良だった人間が、高校に入学した途端まともになっていたという話はたまに聞く。彩華がそれに当て嵌《は》まっているとは全く思わないが、一縷《いちる》の可能性があることは否定できない。

「やられた方はずっと覚えてるものだよ。私中学時代いじめられてたから、ああいう負の感情に敏感なの。勿論気のせいかもしれないけど」

那月は溜息《ためいき》を吐《つ》くと、出口に向かって歩いていく。

俺も並んで歩き、どんな返事をすべきか考えていると、那月が横で言葉を紡いだ。

「大丈夫。今ではあれも良い経験だったたって思えるから、私は。悠太に何か反応してほしくて言った訳じゃないの。ごめんね」

「そうか」

俺が短く返事をすると、那月があっけらかんと笑う。

「二、三ヶ月のことだから。あとはターゲットが他の人に切り替わって、私もいじめっ子と仲良くなってた。怖いよね」

「……女子って怖いな」

俺の言葉に、那月はかぶりを振った。

「男子だって似たようなところあるじゃん。だから、人そのものが怖いんだよ」

ふと、思い浮かんだ。

志乃原は彩華と邂逅《かいこう》する度に、不快感を露《あら》わにしていた。俺の目がなければ、今にも口《くち》喧嘩《げんか》をしそうな勢いも感じていた。

やられた方は覚えているものだと、那月は言った。俺が榊下との一件を鮮明に覚えているように、きっと人間の記憶とはそういうものなのだろう。

志乃原が彩華を嫌う理由。

……そんなはずはない。そうと分かっていても、釈然としない想《おも》いを拭い切ることはできなかった。

第3話　マネージャー

講義というのは、その内容が肌に合わなければ実に退屈な時間になってしまう。いくら履修要項からおおよその内容を把握できるとはいえ、実際に肌に合うかとなればいざ受けてみなければ判《わか》らない。

そこで便利なのが一度目の講義だ。最初はガイダンスということが多いので、学生はここで見定める。教授の教え方や、聞いている学生の雰囲気。明らかに同い年が少ないものや、他学部が集まっている講義などはなるべく避けたいところ。

無論、学びたい内容であればそれらを理由に履修しないのは勿体《もったい》ない話だ。さまざまな観点から履修する講義を決めてきたので、俺も重々承知している。

なのに、未《いま》だに間違える。

「絶対試験苦労するな……」

誰にも聞こえないような小声で、俺は呟《つぶや》いた。

今受けているのは生物学。履修要項には広範な内容が記載されていたが、数回の講義を経ても未だに教授は遺伝学についてしか喋《しゃべ》っていない。

全学部が共通で取得することのできる単位だというのに、学生が四十人程しかいないのが、この講義がどうやら外れクジだという線を濃厚にさせる。

出席点が無いというのも関係しているかもしれないが、二百人は入るであろう講義室は些《いささ》か閑散とした印象を受けた。

「でーあるからしてー、えー」

特徴的な語尾だけが耳に残るが、それを共有して笑える友達もいない。

教授の念仏のような講義に何とか食らい付いているのは、出席している人の半数もいないようだ。

最初の講義を受けた際はこれから面白くなるだろうと踏んでいたのだが、甘い考えだった。

ノートだけは正確に取っているものの、自分で何を書いているのかよく解《わか》っていない。

こうした難易度の高そうな講義には、いつも彩華《あやか》が隣にいた。

そして今、俺の隣には誰も座っていない。

——何の確信よ、それ。

先程の彩華の言葉を、頭に反芻《はんすう》させる。

彩華はいなくならないだろ、という発言に対しての返事だ。

そのままいつも通りの会話が続いたため、俺は違和感を覚える前に先のやり取り自体を失念しそうになっていた。

だがこうして一人の時間ができると、じわじわと彩華の言葉が胸中を暗く染めていく。

直後にあった落雷のくだりは、カモフラージュに使っただけなのかもしれない。俺に……気付かせないために。

だが講義に一緒にいないだけの現状を、その思考へ繋《つな》げるのは些か滑稽な話にも思える。

そもそも講義は自分の興味で決めるのが本来の姿だし、いつもの俺なら此処《ここ》に彩華がいないことを気に留めなかっただろう。

今だけ気になるのは、彩華に全て知られているからだ。

礼奈《れいな》からの提言とはいえ、志乃原《しのはら》との仮交際をした事実。

そして、自らの意思で志乃原を家に招いている事実。

これらを知って何も思わない方が不自然かもしれない。仮交際に関しては、彩華だからこそ何らかの理由があるのだろうと理解を示してくれていた。

しかし後者に関しては、関係性を現状維持するために無理やり虚言を飲み込んだだけだ。

それを分かっているからこそ、些細《ささい》な言動に思考を巡らせてしまう。無論、明美《あけみ》との邂逅が影響している可能性もある。
教授の説明を他所《よそ》に、俺は机に置いてあるスマホを手に取った。
だが彩華に何のメッセージを送るか逡巡《しゅんじゅん》し、結局ポケットに入れ直す。
普段なら何も考えずに他愛《たあい》もない雑談を送るのだが、今は全く頭に浮かんでこない。
ブルッとスマホが震えたので、慌てて取り出した。
『悠、今日は食堂な』
――藤堂《とうどう》だ。
簡潔なメッセージだが、意図は伝わる。
彩華からの連絡かと思ったので、何だか肩透かしになったのは否めない。
だが、気分転換にはなりそうだ。
時計に視線を投げると、昼休みまであと三十分を切っている。
俺はすぐに指を走らせた。
『了解～』
『遅れんなよ！』
『終わる時間による。笑』
我ながらつまらない返信をして、俺は顔を上げた。

◇
◆

「少し早いけど、今日はここで切り上げます〜」

気の抜けた声で、不意に終わりを告げられる。他の講義であれば終わった途端に辺りから話し声が聞こえるのだが、教授の独特の空気感がそれをさせない。

もっとも俺はこの講義では一人きりなので、話し相手はいないのだが。

教授が講義室から出て行くとやっと一段落ついた気持ちになり、机に突っ伏した。

今から昼休み。俺は次の時間が空きコマなので、三時間弱の休み時間がある。

藤堂と食堂で過ごすのは月に何度もあることだが、今日は随分久しぶりな気がした。

あと数十秒休んだら、席を取りに行こう。

そう思っていると、スマホがまた震えた。

『先輩、食堂で席取っておきました！』

今度は志乃原からだ。

一瞬約束をダブルブッキングしてしまったかと思ったが、思い返してみても記憶にない。

それなら、藤堂との約束を優先させる必要があるだろう。

食堂は昼休みになると一気に人で溢《あふ》れ返り、席を探すのには苦労を要する。そんな訳で席を取ってくれることはとてもありがたいのだが、タイミングが悪かった。

藤堂と昼飯を食べるのは割と楽しみというのもあり、俺は迷わず指を動かす。

『ごめん、今日先約がある』

送信すると、瞬時に返事が届いた。

『待ってまーす！』

メッセージに、一枚の写真が添付されている。

中身を確認した俺は、思わず「げえ」と声を出した。

文脈のおかしい返事だったからではない。

志乃原の自撮りの横に、カメラに向かってピースをする藤堂の姿があったからだ。

「行くしかないってことね……」

体育館以外の場所で、志乃原と藤堂の三人で話すのは初めてかもしれない。

俺はおもむろに腰を上げて、食堂へと向かった。


案の定、食堂は人でごった返していた。

俺の通う大学では、昼ご飯を食べる場所は食堂だけではなく、学内レストランやカフェテリアやオープンテラス、コンビニなど多岐にわたる。

それでもこの食堂に人が集まり続ける理由は、ワンコインでお腹《なか》が膨れるまで食べることができるという価格帯の低さだろう。

メニューも豊富でバランスの良い食事が取れるため、学生にとってはありがたい施設だ。

俺のような一人暮らしで自炊もしない人にとっては、更に恩恵が大きい。

志乃原と出逢う前は、一日の中で最もまともな食事はこの食堂で賄われていたといっても過言ではない。

そんな一人暮らしの味方である食堂を彷徨《さまよ》っていると、やっと目的の人物を視認できた。

藤堂が俺に向かって手を振っている。

近付いていくと、藤堂は目鼻立ちの整った顔をくしゃりとさせて笑った。

「よっす悠。先週振りか？」

「だな。お前はどんな髪色でも似合ってて羨ましいわ」

藤堂は黒髪に染めたようで、人工的な光沢が目立っている。

美容院で染めた黒髪からは、天然のそれとはまた違った印象を受けた。

「いぇい。久しぶりに黒に戻したけど、良いもんだな。どんな服にも合うしさ」

「そんなもんか。染めたことないからなー、俺」

「悠も一回くらい染めてみれば？　就職先によっては、もう染める機会なんてないかもしれないし」

「うわぁ、考えたくねえな……」

「そろそろそういう時期じゃん、俺らもさ。で、どうよ。髪染める？」

最近、就職後のことを考える時間は以前よりも増えてきている。大学三年生になったこともあり、これからもっと増えていくに違いない。

現実逃避ばかりしていたが、社会人になる時はすぐそこまで迫っている。

今までの人生の殆《ほとん》どを学生という身分で過ごしてきた俺にとって、それは未知の世界だ。留年すれば『もう一年遊べるドン』という考え方もあるらしいが、俺はそこまで振り切ることもできない。

残り半分を過ぎた学生生活。その期間でしかできないものに挑戦するのは、貴重な人生経験といえるかもしれない。

「まあ、考えてみるわ」

「おお、意外な返答。てっきり即座に断るかと思ったわ。誰かから影響されたか？」

「さあな、自分でも分からん」

俺は短く返事をしてから、辺りを見渡す。

「志乃原はいないのか？」

俺はそう言って、藤堂の隣の席へ視線を送った。

テーブルには志乃原の鞄《かばん》が置いてあるものの、当人の姿はない。

「志乃原さんなら、学食を買いに並んでる。長い列だし、戻ってくるまではもう少し掛かるかもな」

「そうか。で、なんで志乃原もいるんだ？　てっきり今日は俺とお前だけだと」

俺はトートバッグを椅子に引《ひ》っ掛けて、藤堂の正面の席に腰を下ろす。

一息吐いて視線を上げると、藤堂がニヤニヤしながらこちらを眺めていた。

「そっか、ついにお前も志乃原さんを意識するようになったのか」

「ち……ちげーよ。普通の質問だっつの」

思わず食い気味に返事をしそうになって、なんとか踏み留《とど》まる。

焦りを見せると余計に疑わしくなるのは、過去の経験から明らかだ。小学生の頃はそれでよく失敗した。

藤堂は「へえー」と気の抜けた返事をする。本気でそう思っていた訳ではなく、俺は一人相撲をしていたらしい。

自分が少なからず焦ってしまったことに何だか意外な気持ちになっていると、唐突に後ろから大きな声がした。

「ばあっ！」

「うお!?」

勢いよく振り返ると、志乃原がしてやったりの表情を浮かべている。

志乃原が両手に持つお盆にひじが当たってしまうところだった。

「あ、危ないだろ！」

「えーん怒られちゃいましたぁ」

　志乃原はわざとらしい泣き真似《まね》をしながら、お盆を隣の席に置く。

　向かい側に置いてあった鞄をこちら側に引き寄せて、俺の隣へ座った。

「先輩、ここで何してるんですか？」

「お前らが呼び出したんだろ……」

　呆《あき》れた口調で返すと、志乃原は「ジョーダンです」と笑った。

「で、どーしたんだよ」

「それが、私も藤堂さんに呼び出されたので知らないんですよね。お願いがあるらしいんですけど……藤堂さん、先輩も来たことですし本題に入りましょう」

　藤堂は「ご飯冷めるけど大丈夫？」と笑ってから、気を取り直したように両手を合わせた。

「志乃原さんさ、毎週のように体育館に来てくれるだろ。ビブスの洗濯とか、水汲みとかも引き受けてくれるから、ほんとすげー助かってんのよ」

　唐突な感謝に、志乃原は目を丸くする。

「い、いえ。こちとら練習にも参加してなければ、サークル費だって払ってないんです。お邪魔してる立場なので、それくらいは当然ですよ」

「……意外としっかりしてるよな」

俺が口を挟むと、志乃原は「普段からしっかりしてますけどっ」とむくれた。

そして藤堂に向き直って、言葉を続ける。

「それに、皆さんすごーく気さくですから！」

「そっか。ま、来る者拒まずがうちのモットーだからな。いつでも大歓迎」

サークル代表でもある藤堂は嬉《うれ》しかったらしく、目尻を下げた。

「うん、ありがとね」

「い、いえ。こちらこそ……それであの、お願いって」

「ああ、そうだった。うん、『start』入らない？」

「はい⁉」

思わず声を上げたのは、俺だった。

藤堂と志乃原は目をパチクリとさせて、俺を見つめる。なんだその目は。

「先輩、落ち着いてください。私は誰にも取られませんから」

「そうだぞ悠、お前らの仲を引き裂くやつがいたら俺が鉄槌《てっつい》をくれてやる」

「さすが藤堂さん、カッコいい！」

志乃原がひゅうひゅうと囃《はや》すと、藤堂も前髪をかき上げて応えてみせた。

俺は呆れながら「なんでそーなる」と訊く。

「なんだ、悠は志乃原さんがうちに入るの反対なのか？」

「反対なのかー！」

「入れた方がよくないか？」

「よくないかー！」

志乃原が藤堂に被《かぶ》せて発言してくるので、俺はとりあえず軽いチョップで黙らせた。

志乃原は頭頂部を押さえて「ドメスティックスタイル」と訳の分からない単語をぼやいている。

「俺は別に反対って訳じゃない。ただ、いきなりお前直々に誘ったんじゃ志乃原も断りづらいだろ」

「なんと」

藤堂は盲点だったというように、こめかみに手を当てた。

俺の友達と、サークル代表。藤堂がこの二つの属性を持つことから、志乃原は気を遣ってしまうかもしれない。

志乃原はいつも陽気に振る舞っているが、大学のバスケ部を辞めていることから、バスケを好いているかは判《わか》らないのだ。

普段は殆どボールに触れていないのを知っている。

俺は志乃原に視線を飛ばして、「無理するなよ」と伝えた。

藤堂もガバッと頭を下げた。

「ごめん、全然断ってくれていいから！　これでうちに来づらくなる方がダメージ大きいっ」

サークル代表としての本音だろう。最近、『start』は調子が良い。それはバスケの実力が伸びてるだとか、対抗戦に向けて真摯に練習に取り組んでいるだとか、そういった類ではない。

参加率が飛躍的に伸びた。サークル対抗試合に出場する機会さえ減ったものの、皆《みん》なが和気藹々《わきあいあい》と喋《しゃべ》りながら、時に観戦して声援を飛ばす。

良い雰囲気を作っているのは、新入生たちの存在。そして、此処《ここ》にいる志乃原の存在だ。

サークル員たちと談笑し、試合が過熱してくると大きな声で個々の選手を応援する。

そうしながらも男子が面倒がる雑用までもこなしてくれて、そんな存在がいること自体が『start』を活気づけているのだ。

色眼鏡を抜きにしても、『start』の重要なポジションにいるのは間違いなかった。

「藤堂さん、顔上げてください。私嬉しいです」

志乃原はニッコリ笑って、藤堂に促す。

「ただお誘いは非常にありがたいんですが、今回は了承させていただきます」

「……おい文脈おかしいぞ！」

一瞬納得してしまった。藤堂も同様だったらしく、「やられたー！」と軽快に笑った。

「ふふふ、いつかの先輩のマネ～」

「俺のはそんなにあからさまじゃねえ！」

舌をぺろりと出した志乃原に、俺は反論する。

藤堂は鞄からクリアファイルを取り、志乃原の眼前に差し出した。

「じゃあ、次参加する時にこの書類持ってきて」

「了解です！」

志乃原ははにかんで、敬礼した。

藤堂はニコニコ笑顔でそれに応えて、椅子から立ち上がった。身長１８０センチほどの長身が俺を見下ろしてくる。

「悠、囲い込みはよろしく」

「なんだ、それ伝えるために呼びつけたのかよ」

意向を変えないようにフォローしろということだろうが、当の志乃原はこれから始まるサークル生活に思いを馳《は》せているのか、瞳を輝かせている。

俺もいつかはこうなる気がしていた。

レーンへ並びに行った藤堂の背中を見ながら、そう思った。

「先輩、嬉しいですか？」

「んー、普通」

答えると、志乃原は口元を緩めた。

「出会った時の先輩なら、きっと自分の人間関係に入ってこようとする私を拒否してたと思いますよ」

——志乃原の言う通りだ。

心底信頼している人間でなければ自宅に招くのが嫌なのと同じで、コミュニティに入られることも避けたい事柄だった。

こと志乃原に関しては、その考えは見る影もない。

志乃原の言葉に反論するのが難しく、かといって認めるのも気恥ずかしくて、俺は押し黙った。

だが志乃原は俺の思考回路が分かるという顔をして、口角を上げた。

「素直じゃないですね」

「ほっとけ」

やはり志乃原にはバレていたようだ。

この分だと、藤堂にも見透かされていたかもしれない。

俺は羞恥心を覚えながら、昼食を買うために腰を上げた。

「行ってくる」

「ふふ、はーい！」

こうして後輩に懐かれていることが、すっかり日常と化した。

そして確実に一歩一歩、俺たちの仲は深まっている。

志乃原はこの関係の行く末を、既に見据えているのだろうか。

志乃原が見据える景色は、俺にどう映るのだろうか。

背中に後輩の視線を感じ取りながら、俺はそう思案した。

第4話『start』

体育館に降り注ぐ橙色《だいだいいろ》の光が、躍動する選手たちを照らしている。バッシュの擦れる音を聞きながら、俺はボールと戯れていた。

遠心力を利用して、ボールを右腕から胸を経由して左腕に移動させ、その繰り返し。

傍《そば》で行われている女子の紅白試合より優先して、俺の上半身でぐるぐると回り続けるボールを眺めているのは、アッシュグレーの髪を靡《なび》かせる女子大生。

「考え事?」

礼奈《れいな》はキョトンとした表情で、ついに訊いてきた。

かれこれ五分ほどはボールを回していたので、俺もそれを機に休憩する。

「そんなところ。まあ、単純にボール回すのが楽しいってのもあるけど」

そう答えると、礼奈は相好を崩した。

「ふふ、うん。表情は明るくなかったけど、何となく楽しそうだなとは思ってた」

「そうか?」

「そうじゃなきゃ、こんな長い時間同じ動作続けられないもん。私なんてボール触ること自体が苦手だし、全然保《も》たないと思う」

礼奈が球技を苦手としているのは、以前にも聞いたことがあった。だが、こうして気軽にボールを触れる状況を共にするのは初めてだ。

俺は何となく、「ボール触るか？」と手渡しした。

礼奈はボールを受け取ると、目をパチパチとさせる。

「お、大きい……」

「男用だから特にな。それを遠心力使ってぐるぐるさせるんだよ。簡単だからやってみ」

この動作なら、初心者でも突き指する心配はない。シュートやドリブル、パスなどはネイルなどをしている初心者の女子にはハードルが高いので、できる動作が限られている。

「ほっ、ほっ」

礼奈が俺の見様見真似《みようみまね》で、左腕から胸にボールを移動させる。

次に右腕、左腕の順番に移動させて、それをループさせるのが俺のやっていた動作だったのだが、ボールはあっけなく前に転がった。

「……ま、初心者には難しかったかもな」

「待って」

礼奈が急いでボールを拾い、同じ動作をする。

すると、同じようにボールを胸へ移動させたところで転がってしまった。

「……胸が邪魔なのかも」

「げほっ」

礼奈の呟きに、俺は思わず咳《せ》き込んだ。

確かに礼奈の胸は大きいが、それは遠心力を使えば関係ないことだ。言おうか迷ったが、ここは大人になって我慢しておこう。

「そうだな。胸のせいだ」

「む」

礼奈は口を尖《とが》らせて、ズイとこちらに近付いた。相変わらず透明感のある肌だな、という感想を抱いていると礼奈が俺にボールを返した。

「悠太《ゆうた》くん。教えて」

「えー……」

教えてと言われても、長年やり続けている動作だから特に何も考えていない。己の感覚一つでやっているものを言語化するのは難しそうだ。

どうやら俺が場を収めようと礼奈に同意したのは誤った選択だったらしく、逆に焚《た》き付けてしまったようだ。

だが頼みを無下にできる訳もなく、俺はボールをくるくると回す。礼奈は「すごい」と目を輝かせた。

「どう、できそうか」

「やってみる」

そう言って、礼奈は再度ボール回しに挑戦する。何度も失敗する姿をぼーっと見ていると、礼奈は不意に口を開いた。

「さっき何考えてたの？」

「え？」

ボールがまた転がっていく。ただ、今回は横に転がっていった。

「悠太くんが何考えてたのかなあって。気になったので訊いてみました」

礼奈はニコリと微笑《ほほえ》んだ。

そう言われては素直に答えるしかないと思ったが、すんでのところで口を噤む。何故《なぜ》なら、俺が考えていたのは彩華《あやか》に関してだったからだ。

俺は、彩華の中学時代がどういったものだったのかを考えていた。実につまらない思考だ。今の彩華と深い仲になっているのだから、過去がどうあれ関係ないという結論は出ている。

だがそれでも尚《なお》気になってしまう、割り切れない自分がいることもまた事実だった。

「言いづらい？」

「いや」

俺は慌てて首を横に振った。

「みんなの中学時代ってどんな感じだったのかなってさ」

礼奈は目をぱちくりとさせた。俺の返事は、遠からず近からずといったところ。だが礼奈は納得してくれたようで、うーんと唸《うな》った。

「私の中学時代は……大人しい子？」

「はは、知ってるよ」

礼奈は控えめな性格で、人前に出るのが苦手だったらしい。友達も少なかったとかつて礼奈本人も言っていたが、それが変化したのは高校に入学してからだったようだ。

高校からは自然と友達が増えてきたみたいだが、その友達に那月《なつき》が含まれていたのはつい最近になって分かったこと。

礼奈の性格に関しては、那月の方が理解している面もきっとあるに違いない。

「悠太くんは中学時代、バスケ少年だったんだよね」

「今でもそうだよ。見よこのスーパープレー」

俺はボールを手の甲から肘へと移動させたタイミングでバウンドさせ、肘でリフティングのような動作を見せる。試合では何の役にも立たないスキルだが、礼奈は手を叩《たた》いて喜んだ。

「すごいすごい！　悠太くん、ほんとに上手《うま》いんだ」

未経験者からみれば、簡単な動作でもこんなに喜んでもらえるのかと、何だか嬉《うれ》しくなる。ただ期待されるほど上手くないことを伝えようとすると、横から藤堂《とうどう》が現れた。

「相坂《あいさか》さん、お客様きたみたい」

「え？」

礼奈が入り口の方に顔を向けると、那月がこちらに手を振っていた。那月の顔が脳裏に過《よぎ》ったばかりだったので、俺は少し動揺した。

礼奈は自分の顔を指差して、頭をこてんと右に傾ける。

那月は数回頷《うなず》くと、俺の方を指差して、胸の前でバツ印を作った。……どうやら俺はお呼びではないらしい。

礼奈が那月の方へ小走りしていくのを見ていると、藤堂は面白そうな声色で言った。

「なんかこの体育館、悠の知り合いが増えてきたな」

「ごめん」

俺が思わず謝罪すると、藤堂は吹き出した。

「ばっか、良い人たちしかいないんだから誇りに思えって。サークルみんなの士気も爆上がりだよ」

その言葉でコート内を見てみると、確かに男子学生は張り切って派手な技を使いシュートを撃ったりしている。志乃原《しのはら》が来た時と同様な雰囲気になっているのが面白い。

だが一点だけ違うのが、志乃原に対しては女子のサークル員たちは気軽に話しかけたりしている。礼奈に対してそれがないのは――

「相坂さん、ずっとお前の傍にいるからな。女子はどうしたらいいか分かんないんだと思うぜ」

視線から何を考えているのかを察したのか、藤堂はそう言った。俺は後頭部を掻《か》いて苦笑いした。

「志乃原がおかしいっていうのもあるけどな」

「はは、まあな。でも、相坂さんも馴染《なじ》んでくれていいんだぜ。俺の彼女だって、つーか他の女子だって勝手に彼氏連れてきて試合に交ぜたりしてるしな。気のいいやつなら自由でいいんだよ、此処《ここ》は。来る者拒まずが、うちのモットーだ」

「……変わったよな、『start』も」

俺が入った当初とは大違いだ。かつての『start』はサークル特有の自由を持ち合わせていたものの、上級生との人間関係が煩わしい一面もあった。変わったのは藤堂の発言力が増してからだ。彩華の助けもあり、『start』は大きく変わったのだ。

「そういや、志乃原さんまだ来てないな」

藤堂はそう言って、辺りを見渡した。

志乃原は、今日正式にこのサークルの一員に加わる。見学しにきた当初からサークル員とも打ち解けていたから、時期外れではあるが歓迎会をやろうという話さえ持ち上がっている。途中参加のサークル員一人のために歓迎会を開催するなんて、普通ならあまりない。それだけ皆《みな》んなに好かれているのだから、あの後輩のコミュニケーション能力には舌を巻く。コミュ力というより、人当たりの良さなのかもしれない。

「今日は来るはずだけどな。まあ、講義終わるの遅れてるんだろ」

俺はそう言って、持っていたボールを床についた。最近はサークル活動にも休まず出ており、ハンドリングの勘は現役時代にかなり近付いている。吸い付くようなドリブルを駆使して、シュートまで辿《たど》り着く高揚感。

早く男子の試合の時間にならないかなと、身体《からだ》が疼《うず》く。

講義に全出席してることといい、ようやく真っ当な学生生活を送れている気がした。藤堂もそれを感じ取っているのか、「悠も変わったな」と笑った。

「変わったというより、戻ったか。一年生の途中までは、こんな感じだったもんな」

「そうか？」

変わったというなら、きっと誰かから影響を受けてのことなのだろう。だが劇的な出来事から変わったというよりは、あくまで成り行きであったように思える。

「もう卒業まで、半分が過ぎたんだもんな」

藤堂は壁に横からもたれ掛かって、呟《つぶや》いた。

入学当初は、大学卒業まで四年を要するというのはとても長いような印象を受けながらも、終わってみればあっという間に違いないと想像していた。事実その通りで、三年生になって二ヶ月が経過するのは一瞬の出来事だった。

だからこそ、藤堂も憂鬱な声色だったのだろう。

「この夏になったら、ほんとそろそろ就活について考えないとやばいぜ。インターンとか始まるし」

「成績良いお前がそんな感じじゃ、俺はもっと焦らないとだわ」

飛び抜けて悪い訳ではないが、平均に届いているかは微妙なところだ。一方藤堂や彩華は、何度か教授に直接褒めてもらっているのを見たことがある。そんな藤堂が焦燥感を覚えているのを察してしまい、俺はげんなりと溜息《ためいき》を吐《つ》いた。

「幸せが逃げちゃいますよ！」

藤堂の後ろから、溌剌《はつらつ》とした声が飛んできた。藤堂は驚いたように身体をくの字にして、「びっくりした」と笑う。

すぐに分かっていたことだが、声の主は志乃原だった。腰に手を当てて、エヘンと胸を張っている。

「おい、急にびっくりするだろ。謝れ藤堂に」

俺が冷静に指摘すると、志乃原は頰《ほお》を膨らませる。だが俺の文句はもっともだと思い直したのか、素直にペコリと頭を下げた。藤堂は「こんなので俺が謝らせたとか思ってほしくないんだけど」と俺に抗議してくる。

だが、俺は別に藤堂を慮《おもんぱか》って謝罪させた訳ではない。

「こうしないとこいつは俺にも同じことするからな」

俺はそう言って、肩を竦《すく》めてみせた。

「先輩には同じことしても謝らないですよ？」

「ほらみろ、同じこと——ってせめて謝れよ！」

「それ程信頼関係が強く結ばれてるってことですよ。どうですか藤堂さん、どう思いますか」

志乃原の無茶《むちゃ》な質問に、藤堂は面白そうに白い歯を見せた。ロクな返事はしなそうだ。

「悠はすぐ自己完結するからなー、志乃原さんみたいにグイグイいくタイプが一人必要だと思ってたんだよね」

「ですよね、私もそう思ってたんですよ！」

志乃原が嬉しそうに頷くので、俺は苦言を呈した。

「アホ、必要ねえよ。藤堂もあんまり甘やかすな」

「必要ないは傷付くんですけど⁉」

「そうだぞ、後輩を傷付けるな！」

「なに結託してんだお前ら……」

志乃原と藤堂のダブル抗議に、俺は呆《あき》れた声を出す。

仲良くなるのは良いが、これからますます俺の人権が希薄になっていく予感がする。

「あ、藤堂さん。すみません、正式になんですけど」

志乃原は思い出したように、けろりと表情をリセットしてからトートバッグを弄《まさぐ》る。数秒後に出てきたクリアファイルの中には、一枚の書類が入っていた。

「これからお願いします！」

「おお、ついにきたか！　皆んなにも知らせておくな。ようこそ、『start』へ！」

藤堂が爽やかな笑みとともに、親指を立てた。志乃原が手に持つ書類は『start』の入会届だ。

俺の通う大学ではサークルは部活と違い、属する際に大学側の認可を必要としないものの、建前上こうした書類を要する場合も多い。口頭やラインなどのやり取りのみで入会を許可するサークルもあるが、『start』はこうした書面上のやり取りを採用していた。

ともあれ、体育館へ通い詰めていた志乃原はついに正式に同じサークルの仲間入りを果たした訳だ。

「どうですか先輩、嬉しいですよね？」

「訊《き》き方おかしくね？　嬉しいですかだろ」

　俺が答えると、志乃原は「素直じゃない！」と口を尖《とが》らせた。すると、藤堂が助け舟を出してきた。

「こんな感じでも悠はきっと喜んでるよ。志乃原さんがうちに来て、嫌な訳じゃないんだろ？」

「……まあ、そりゃな。嫌ならもっと早い段階で体育館から追い出してる」

　自宅に入るのを了承しているのに、体育館に入れるのが不快なんて道理はない。志乃原もバスケの実力こそ酷《ひど》いものだったが一応経験者のようだし、マネージャーとしてなら皆んなも喜んでくれるだろう。

「うわぁ……男子のツンデレって先輩が思ってるより需要ないですよ……」

「うっせえデレる要素ねえわ！」

「今私めっちゃ酷いこと言われた⁉」

　食い気味に反応すると、志乃原は仰天したように上体を後ろに反らす。俺が鼻を鳴らすと、藤堂は手を叩いて笑う。陽気な雰囲気に包まれる中、丁度試合終了のホイッスルが鳴り響く。

　サークル員が各々休憩に入ろうとする中、藤堂は手を振りながら声を張った。

「みんな、お待ちかね！　志乃原さんがうちに入ったぜ！」

間を置かず、反応はすぐに返ってきた。男子は「キター！」とガッツポーズをして、女子は「真由《まゆ》ちゃん来てるじゃん！」と駆け寄ってくる。志乃原は『start』のサークル員にあっという間に囲まれて、姿が見えなくなった。半年近く体育館へ通っていたことで、今や志乃原の存在を知らないサークル員は一人もいない。正式に仲間になった日は今日だが、皆んなもっと前から仲間だと思っていたに違いなかった。

俺は志乃原を中心とした半円から一歩離れて様子を眺めていたが、不意に質問が飛んできた。

「ねえ悠太ー。真由ちゃんって小動物に例えたらなんだと思う？　私はなんか小動物みたいだなーって思ってるんだけど！」

「美咲《みさき》さんありがとうございます、私もそれ訊いてみたかったんです！」

ほんとかよ。絶対合わせただろとつっこみたくなるが、志乃原の反応は天然物である事例も多い。俺が捻《ひね》くれているだけかもしれないと思い直し、素直に答えることにした。

「タコかな」

「せめて哺乳類で例えてくださいよ!!」

志乃原が半円から飛び出してきて俺の二の腕をガシリと掴《つか》み、乱暴にぐるぐると回す。どういう動作をさせたいのかは不明だが、抗《あらが》うのも面倒なので俺もされるがままだ。

「タコも小さいだろ〜〜」

「大きい種類もいますよ！　ていうか小動物でタコが出てくる人初めて見たんですけど！」

俺は買い言葉で何か返そうと思ったが、横目で美咲たちが面白そうに笑っているのを確認し、口を噤む。

現在の『start』の面々は皆んな比較的仲の良い人たちばかりだが、此処で自宅のようなノリを出してしまうのは好ましくない。恋人か何かだと勘繰られるのも、志乃原の今後を考慮すると避けたいところだ。

皆んな高校よりもゴシップへの興味は薄くなっているものの、あからさまな態度を続けてしまうと話も別だろうから。

俺は「トイレ！」と宣言して、この場を立ち去ろうとする。何故《なぜ》か志乃原も付いてこようとしたので、慌てて後輩の額に人差し指を当てた。

「女子を連れションに誘うとは……」

藤堂の悪戯《いたずら》っぽい笑みに「ちげーよ！」とつっこみ、俺は入り口へと駆けた。後ろから志乃原の不満そうな声が追い掛けてきたが、「漏れそうなんだよ！」と一蹴しておいた。

ロビーに出ると、中の喧騒《けんそう》がすぐに遠いものになる。少し歩を進めただけで、落ち着いた空間へと変移する。俺の気に入っている瞬間の一つだ。もよおしたというのは方便なので、俺は時間を潰すために自販機まで移動した。

「なんでこんな高いんだよ……」

普段150円で買えるドリンクが170円になるだけで、財布の紐《ひも》が固くなる。毎月飛んでいく家賃に比べたら何てことはないのだが、中々割り切ることもできない。

結果俺は120円の水を購入し、自販機の傍《かたわ》らにあったベンチに腰を掛けた。結局これが一番美味《うま》いと自分に言い聞かせながら喉を鳴らしていると、視界の隅に人影を捉えた。

怪訝《けげん》に思って視線を投げてみると、礼奈が円柱に背中を預けていた。

那月との用は済んだのだろうか。那月の姿は既に見当たらず、礼奈は何をしている訳でもなく何処《どこ》かを眺めている。声が届く距離だったので、俺は口を開いた。

「礼奈、何やってんだ」

俺が声をかけると、ぴくりと肩を震わせた。

「あれ、悠太くん」

礼奈は目をパチクリとさせた。なんで此処《ここ》にと言いたげな瞳だったが、俺は曲がりなりにも二年以上この体育館には世話になっている身だ。

人気《ひとけ》が少ない場所も、全て把握している。

「那月は？」

訊くと、礼奈は視線を床に下ろした。

「那月……那月は、もう帰ったよ」

「え、まじか」

せっかく体育館へ足を運んでくれたのだから、少しくらい雑談したい気持ちもあった。この前那月から勧めてもらったＷｅｂ漫画を読破したところだったから、尚更《なおさら》だ。

まあ忙しかったなら仕方ないかと気を取り直し、礼奈の隣へ移動する。

「そんなに話したかった？」

「え？」

「呼び戻しちゃおうか」

「いや、そこまではいいよ。また次の機会に話せばいいし」

「そ、そうだよね。ごめんね」

……小さな違和感。普段なら見落としかねないものだ。いや、親しい仲でなければ気付きさえしない。

他の誰かなら見ないフリをするのは簡単だった。だが、眼前に佇《たたず》んでいるのは礼奈だ。余計なお世話かもしれないという想《おも》いは拭い切れなかったが、見ないフリをすることもできそうになかった。

「なんかあったのか」

「え、ううん。なんにもないよ？」

「じゃあ何で落ち込んでるんだよ」

この短時間に、那月と喧嘩《けんか》した可能性は低い。しかも呼び戻そうとしていたくらいだ。

となれば、こんな場所で佇む理由は他にある。

「それ言っちゃうと、困らせちゃうもん」

「困らせればいいだろ」

俺の言葉に、礼奈は目を見開く。視線は相変わらず床に落ちたままだが、微《かす》かに揺れた気配がした。

俺は繰り返し、同じ言葉を紡ぐ。

「困らせてくれていいよ」

別れたからとか、そんな事実は今の俺には関係なかった。親しい人が落ち込んでいれば、助けたいと思うのが自然なことだ。元恋人という関係性にその思考回路を適用させることに、賛否両論もあるだろう。今の状況を他人に伝えると、あえて距離を取るのがお互いにとってプラスに働くと提言されるかもしれない。

だがこういう時に頼られてこそ、二人の再スタートに意味を与えられるのだと、俺は信じている。

礼奈の返事を待っている間、俺は残り半分となったペットボトルの上部をクシャリと潰す。

……短すぎたかな。今しがたの言葉だけで、俺の本心が伝わったのかは分からない。

もう少し付け足した方が良いだろうかと思案していると、礼奈がぽつりと呟《つぶや》いた。

「……なんか、ちょっぴり寂しいなって」

「寂しい？」

礼奈の口から寂しいなんて単語が出てきたのが意外で、思わず訊き直してしまう。付き合っていた期間を含めても、殆《ほとん》ど言われた記憶がなかった。

「寂しいって、なんでまた」

俺の問いに礼奈は数秒間沈黙した後、静かに答える。

「私だけ、女子大だもん」

思わず俺は目を瞬かせた。確かに、俺を含む『start』の面々や那月は全員同じ大学だ。だがこのサークルは専門学校や女子大からの学生も受け入れているし、礼奈も入会自体は可能なはず。

しかし、礼奈が伝えたいのはそんなことではないのだろう。自分だけ属する母体が異なるという、形容し難い疎外感。その事実で憂鬱になったから、曇った表情を見せないためにひとまず誰もいないロビーで時間を潰していたのだ。

そんなことは考えても仕方ないと一蹴するのは簡単な話だが、無理に訊き出した手前、無難な返事をするのは忍びない。

「俺からみれば、二つの環境を体験できて羨ましいけどな。男は学祭の時くらいしか女子大って入りづらいけど、礼奈はうちに気軽に来れるだろ。良いとこ取りって捉えようぜ」

……もう少し気の利いた言葉は無かったかと自問自答したが、今の俺にはこれが精一杯だった。藤堂ならもっと元気付けられたのかもしれないが、礼奈に響くとは思えない。

俺でなければ伝えられないことも、きっとある。

「女子大にしかないい楽しさだってあるだろ？　俺も普段の女子大に行ってみたいって思った時もあったしな」

「じゃあ、来てよ」

「へ？」

「今度、うちに遊びにきて？　案内するから」

「えーっと……」

俺は礼奈が通う女子大に殆ど行ったことがなかった。

それは注目を浴びるのが億劫《おっくう》だったからだ。女子校のように男子禁制と明確に定められている女子大は少数だが、目立ってしまう事実に変わりはない。見知らぬ大勢の女子からの興味本位の視線に曝《さら》されるのは気が進まない。

だが、行ってみたいと口にした直後に断るのは難しい話だ。

礼奈は眉を八の字にして、こちらを上目遣いで窺《うかが》っている。

「……また気が向いたらな」

それが、今の俺の精一杯の返事だった。

何とか乗り越えた。そう安堵《あんど》していると、即座に礼奈が「駄目」と俺の思考を否定した。

「気が向いたらなんて、そのまま流れちゃいそうだもん。前だって、私何回か誘ったけど学祭の時しか来てくれなかった」

「そ、そうだっけ」

「うん、そうだよ。次誘う時は来てね」

「……分かったよ、約束する」

礼奈はいつになく真剣な眼差《まなざ》しだった。ただ注目を浴びるのが億劫という理由だけでは、断れそうもない。

「悠太くんには、私を全部知ってもらいたいんだもん」

礼奈はそう言って、口角を上げる。そしてアッシュグレーの髪を梳《す》きながら、「那月も誘おっか」と提案してきた。

那月がいれば、周りからの視線も気にならないだろう。二人きりだと、十中八九彼氏という扱いを受ける。礼奈もそれを承知していたようだ。

「ありがとう。また近いうちに誘ってくれよ」

「うん、分かった」

歩き出した礼奈は、体育館に入らずに外へ向かう。俺の視線に気付くと、申し訳なさそうに弁解した。

「那月から、高校の集まりに誘われちゃって。迷ったけど、行くことにした」

「おお、いいじゃん。楽しんで」

礼奈は短く「ありがと」とお礼を口にして、再び背を向ける。小さくなっていく後ろ姿を、扉にもたれながら見送った。

空一面に広がっていた雲は、いつの間にか殆ど消えている。太陽も沈んで、既に辺りは仄暗《ほのぐら》い。残光のみで空はかろうじて橙色《だいだいいろ》に染まっていた。

──間違っていなかったはずだ。

俺は自分に言い聞かせて、体育館の中へ戻った。

次に外へ出る時は、きっと綺麗《きれい》な月が見えるだろうと思いながら。

◇◆

コートに戻ると、男子の試合は既に始まっていた。バッシュの擦れる音、ボールが跳ねる音が体育館内に響いている。コート側方に備わっているベンチ二つにはサークル員が十数人座っていて、ベンチ脇の床には同程度の人が腰を下ろしていた。

年齢がバラバラの大所帯。これが俺の大学内で二番目の規模を誇るバスケサークル『start』だ。

そして、皆《みな》んなどこか高揚したような表情を浮かべている。今日正式にマネージャー入りした志乃原が要因であるのは明らかだった。

通常マネージャーは、選手の気が届かない仕事をしてくれる。シュートの成功率やファール回数、選手一人一人の特徴を把握してデータ化。ボール拾いや怪我《けが》の応急処置。それができるマネージャーは全て部活に所属するのが必然の話。

サークルは自由参加が基本であるし、マネージャーが来ても手持ち無沙汰になるだけだ。仕事といえば、雑務くらいになってしまう。何より公的な大会のないサークルでは、大きなやり甲斐《がい》も求められない。

そんな状況下で志乃原がマネージャーを一手に引き受けてくれるというのだから、皆んなにとって嬉《うれ》しい驚きに違いなかった。選手と同じく気軽にできるマネージャーということで、志乃原自身も全く気負いしている様子はない。

志乃原は近付いてくる俺に気付くと、嬉しそうに跳ねた。

「先輩、ちょうどいいところに！　水汲んできてください！」

「さっきマネージャーになってなかった？　俺の記憶違い？」

志乃原は10リットル以上入るウォータージャグを手に持っている。サークル員共有のものので、紙コップに給水し水分補給する仕組みだ。元はスポーツドリンクが入っていたはずだが、一時間ほどの試合で無くなってしまったのだろう。

梅雨時ということもあってか、湿気で体育館は蒸し暑い。いつもより減りが早いのも納得できる。

「だってだって、これ満杯にしたら私の腕千切れちゃいますよ。絶対持てないですもん！」

志乃原が頬《ほお》を膨らませると、ベンチから声が飛んでくる。

「そーだよ、手伝ってやれよ！」

底抜けに明るいハスキーボイスの持ち主は、弓野大輝《ゆみのだいき》。

『start』に入ってから知り合った友達で、今はこのサークルの副代表だ。元は綺麗な茶髪らしいが、現在は黒色に染めている。人工的な黒が気に入っていると、本人は言っていた。もっともスポーツ刈りなので、あまり色の違いに意味は見出《みいだ》せないのだが。

「マネの言うことは〜絶対〜」

藤堂が棒読みとともに右手を挙げると、話に交ざっていない何人かもこちらに向けて手を挙げた。

「うっせー、お前らは試合見てろ！」

大輝と藤堂のからかいに対する返事に、二人は床を叩《たた》きながら笑う。

俺は仕方なく志乃原の手からウォータージャグを受け取り、水道に向かい歩を進める。

この施設には体育館から出て一分ほど歩いた場所に水道があり、そこからは浄水を流すことができる。ウォータージャグを利用する『start』にとっては、経費を削減できありがたい設備だ。

無論体育館の貸切費は別途で掛かるので、その浄水の分もきっちり請求されている訳だが、気分的にはお得に感じる。

少し経《た》って水道を視認できたと同時に、後ろにトコトコ付いてくる影にも気が付いた。

「……なんでついて来てんだよ」

振り向きざまに訊くと、志乃原はケロリとした顔で答えた。

「え？　先輩寂しいかなーって」

「こんな短時間で寂しがるか！　ウサギか俺は！」

「またまたー、ウサちゃん可愛《かわい》いです」

「今の俺に言ったのか……？」

俺は恐る恐る確かめると、志乃原は「勿論《もちろん》！」と笑った。

思わず閉口しながら、水道の蛇口を捻《ひね》り、水を注ぎ込むことに集中する。志乃原が後ろでぴょんぴょん跳ねていて、ウサギはどっちだと言ってやりたい気分だった。

「なあ、志乃原」

「今は真由って呼んでくださーい」

「なんでだよ」

「だって今は二人きりですもん」

……確かに、二人きりの時に名前で呼ぶと言ったのは俺だ。しかしそれは自宅などの、その空間に二人しかいない時という意味であって、いくら人気《ひとけ》がないにしてもこの体育館では——

「先輩、二人きりですよ。ほら此処《ここ》には水道以外に何にもなくて、人が来るのは後ろからしかあり得ません。しかも数十メートル先まで目視可能です。トイレが廊下脇にあるなら話は別かもしれませんがそれも見当たらないですよね」

「怖い怖い怖い」

息継ぎせずに言い切った後輩に、俺は後退《あとずさ》りした。

志乃原は頬を膨らませて、俺にズイッと身体《からだ》を近付ける。それ自体は何度も経験しているが、今回はいつもより更に至近距離だった。目と鼻の先に迫った志乃原から逃れようと、給水中のウォータージャグを持ち上げる。

すると容器の縁に当たった水が、あらぬ方向へと弾《はじ》け飛んだ。

「うげっ⁉」

「きゃー‼」

冷たい水飛沫《みずしぶき》が服に掛かったが、少量だったことに安堵する。驚いたが、この程度なら冬ではない限りダメージはゼロだ。

そう思って視線を志乃原に戻すと、後輩は俺を羞恥の目で見上げていた。視線を落として、俺はギョッとした。

水は殆ど志乃原に掛かったらしい。志乃原の上半身はびしょ濡《ぬ》れで、下着が透けて見えている。張り付いたTシャツからは肌色も視認できて、俺は無理やり視線を上げた。

「わ、悪い」

俺が作り笑いをしてみせると、志乃原も口角を上げた。

「先輩、水飛沫をコントロールするなんてとんだ変態さんですね」

「いやほんと違う。まじで違うから！」

あれをコントロールなんてできる訳がないのだが、結果として志乃原に水飛沫が掛かったのは事実なので、釈明しづらい。

「いいんです、いいんです。私別に、先輩になら不快になったりしないです。良い思いした代わりに訊《き》きたいことがあるだけで」

「へ？」

「この光景どうですか？」

……それはどういう意図かと問《と》い質《ただ》したいが、話が拗《こじ》れると長引いて、誰かが来てしまうかもしれない。今は話を終わらせて着替えさせるのが先決だ。

志乃原の質問に、俺は片言で「素敵です」と答えた。

「真面目に答えてくださいよ！」

「あ、青なのが意外だなと」

「じゃあ次からは黒にしますね。てか先輩って冷静すぎてなんかほんとこう……もどかしい！」

「もういくぞ」

そう言って、俺は重くなったウォータージャグを両手で持つ。満杯近くまで注水したこともあり、行き道の際より遥《はる》かに体力を削られそうだ。

「ふんだ。……じゃ先輩、私一応着替えてくるんで」

「一応ってか、普通にそのままじゃまずいから」

「先輩のせいなのにぃ。先輩がコートに着くまでには合流するので、ゆっくり歩いていてくださいね！」

志乃原は活気のある声で言うと、更衣室に向けて駆けて行った。

女子更衣室はコートへの入り口を中間地点として、逆方向に位置する。俺がこのペースで歩いていたら合流するのは難しいだろなと、少し歩いたところでウォータージャグを床に下ろした。合流できなかったら藤堂たちの前で拗《す》ねてしまいそうなので、仕方ない。

拗ねたとしても、藤堂たちは気にせず笑ってくれるのだろうなと思う。志乃原にとっては、居心地の良い上級生たちがこのサークルに残っている。

キュッ、という音が俺を思考の波から引き揚げた。

志乃原が来たかと思い顔を上げたが、そこにいたのは意外な人物だった。

「あれ、彩華の友達じゃん」

切れ長の瞳をこちらに向けているのは、明美《あけみ》だった。ピンクゴールドの髪を揺らして、面白そうに目を細める。

「悠太くんだっけ？　ここのサークル入ってたんだ」

「そだよ。ＹＯＵは何しに体育館へ？」

「そうですね、私は顔を出しに来ただけです。今日部活の練習が休みなので、少し身体を動かしたいなと」

明美はインタビューを受ける外国人を真似《まね》て、戯《おど》けながら答えてみせた。有名番組を知っているという共通点と、ノリが良いという長所を見つけられて、俺は内心安堵《あんど》する。

講義の時のような微妙な雰囲気を二人きりの空間で流してしまっては、とてもじゃないが耐えられない。

「へえ、部活か」

そして思わず、尊敬の念が混じった声を出した。

中学時代、彩華と同じバスケ部だというのは講義室での会話から分かっていたが、第一印象から部活を続けているとは思わなかった。

サークルで適度にバスケを楽しんで、自由な時間を作りたいと思っていた俺とは違う。

目の前にいる明美という同い年は、多大な時間を費やす部活に入ってしまうくらいバスケが好きなのだ。

「部活だよー。四番バッターなんだ」

「野球かよ」

「おお、ナイスツッコミ」

明美が笑いながら、バッティングフォームをしてみせる。

既に練習着姿になっている彼女の、肌の部分がチラリと垣間見《かいまみ》える。これ程引き締まったスタイルの持ち主はこの体育館にはいないだろうなと、素直に感心してしまった。

「そんなことないよ、とか言ってみたり」

「へ？」

「うわ、私今外した？　こいつ肌白いなーって思われてるかと」

俺はプッと吹き出して、かぶりを振った。

「スタイル良いなって思ってたんだよ。まあ、肌も白いよな。やっぱ中でやるスポーツはそこらへんが得だわ」

「そうなのよ、その利点が分かるとはやるね。さてはアレついてないな？」

「ついてるわ！」

俺の反論に、明美が自身の太ももを叩きながら笑う。

講義室の時の印象とは打って変わり、とても話しやすい。もしかしたら今が素の明美なのかもしれない。

そう思っていると、明美越しに志乃原がこちらに歩いてくるのが視界に入った。

俺はウォータージャグを片手で持ち上げ、空いた手を挙げてみせる。

志乃原は俺の仕草に応えて、嬉《うれ》しそうにこちらへ駆け寄る。いつも通りの、明朗な表情。

だが、それは一瞬だった。

明美が振り返った途端、志乃原の走る速度が著しく落ちるのが分かった。いつの間にか表情も張り付いたような笑顔に変わっており、俺は内心首を傾げる。

「ああ、志乃原」

明美の放った声色は、講義室のそれと同じだった。冷徹にも思える声だが、表情は確認できない。志乃原の怯《おび》えとも捉えられるような顔が、唯一の手掛かりだ。

俺は明美の肩に軽く触れてみる。

明美はピクリと反応し、意識をこちらに戻した。

「ん？」

「いや、その」

明美が志乃原の知り合いだというのは、分かっていたことだった。彩華と志乃原は、中学で同じバスケ部。であれば、明美も同じく志乃原の先輩にあたるのは当然だ。

久しぶりの再会に俺は邪魔かもしれないと一瞬だけ思ったが、志乃原の顔を見たら、それはありがた迷惑な気遣いになりそうだった。

――志乃原は眉根を寄せて唇をキュッと結んでいる。

俺と目が合ったが視線はすぐに泳ぎ、どうにも居心地が悪そうだ。

志乃原が大学の部活を辞めていたことを改めて思い出す。出会った当初に本人が言っていたことだ。

俺を〝先輩〟と呼ぶのは、部活を辞めたばかりで年上に先輩以外の呼び方をするのが慣れていないからだと。

その事実から考えが派生する前に、明美が再び志乃原へ話しかけた。

「あんた、怪我《けが》大丈夫になったの？」

志乃原の口は閉じたままだった。

相変わらず目は泳いでいて、どこか落ち着きがない。

明美が催促するように「ん？」と言うとようやく志乃原の口は動いた。

「……は、はい。その、おかげさまで。すみませんでした、急に辞めてしまって」

その返事は今まで聞いたことのないか細さで、耳を疑った。元坂《もとさか》と真っ向から対立し、彩華にさえ噛《か》み付いた怖いもの知らずの後輩。それが志乃原への印象だったのだが。

「まあ、怪我したならしゃーないけどね。実際、あんたのシュート酷《ひど》いもんだったたし。でもせっかくまた同じ部活になれたから、やっぱ残念だったけど」

明美の言葉で、志乃原が最初に体育館に訪れた時のことを想起する。確かにあの時に見た志乃原のシュートは、リングにすら当たっていなかった。リングの真下のボードに直接当たり、顔に跳ね返ってきた光景は笑える思い出として脳裏に残っている。

それも怪我の影響だったとしたら印象も随分と変わってしまうエピソードだ。だがあの時シュートを撃つまでの一連の動作に、怪我を感じさせるような挙動はなかったとも記憶していた。

俺が思案していると、明美が言葉を続けた。

「彩華も驚いてたよ、志乃原がバスケ部辞めるって聞いた時は」

「そう、ですか。彩華先輩も」

彩華の名前が出ると、志乃原は表情を更に曇らせる。その変化を敏感に察した明美は、「え。なに?」と訊いた。志乃原はその問いに答えず、俯《うつむ》いている。

彩華と邂逅《かいこう》した時とは、明らかに様子が違っていた。

志乃原は彩華を前にしても、怯《ひる》むことは全くない。俺が抑えなければどうなっていたんだろうと、危うい場面もあったほどだ。

だが今の志乃原は下唇を僅かに噛んで、俯くことしかできていない。明美の声色も、彩華と話していた際とは全く異なる、威圧感のあるものだった。

そういえば中学の先輩は怖かったなと、俺はつまらない記憶を思い出してしまった。

「なあ」

俺が明美に話し掛けると、少し厳しい顔をしていた彼女の顔がパッと明るくなる。

「なあに？」

「うん。明美……さん？　志乃原が大学のバスケ部だったのもびっくりだけど、明美さんも現役なんだよな」

俺が名前のところで少し迷うと、明美は「同い年じゃん。さんなんていらないんだけど」と軽快に笑う。

それから「そうだよ。現役でエース。高校の時はインターハイだって出たんだから」と力こぶをつくった。

「あー、さっきの四番ってそういう意味か。……てかすげえな。インターハイ出て、大学の部活でエースって素直に尊敬するわ」

明美の意識を志乃原から逸《そ》らそうという考えで始めた会話だが、これは本心でもあった。

部活に入ればバイトをする時間や、自由な時間はガクンと減る。世間が大学生ならではと考える遊びに興じる機会だって、その多くが失われてしまう。

それを踏まえても尚《なお》、もう一度時間を積み上げて成果を出そうと苦しい練習に耐えていく。部活か、サークルか。その二択を、大学受験を乗り越えた解放感がある中で選択するのだ。もっとも、インターハイに出場するほどなら選択肢は一つだったかもしれない。

それでも迷わず自由を求めてサークルを選択した身としては、部活でエースを張っている明美という存在は少しばかり眩《まぶ》しく感じた。

明美は俺の返事に目をぱちくりさせて、「そんなことないよ」と謙遜した。

先程より声色が柔らかくなっていたので、俺はホッと胸を撫《な》で下ろした。

「てかてか、悠太くんに質問一個いい？」

「なに？」

そう答えながら、明美の後ろにいる志乃原にウォータージャグを渡す。

これでコートに戻る口実ができるはずだ。

明美が俺の意図に気付いたのかは判《わか》らないが、僅かに視線を後ろに向けた。志乃原が瞬時に視線を落としたため、目は合っていないだろう。

明美はこの状況で志乃原に話し掛けるか迷っていたようだが、やがて俺に向き直った。

「さっきから訊こうと思ってたんだけどさ、悠太くん、彩華とすごい仲良いよね。どうやってオトしたのかすごい気になってて」

軽い口調だったが、背後にいる志乃原から意識が外れていないのが伝わってくる。志乃原もさっさと戻ればいいのに、明美に気を遣っているのかウォータージャグを床に置いてしまっている。一度置いてしまえば、後は明美と俺の会話が終わるのを待つしかないだろうに。

理由も解《わか》らないまま気遣わなければいけないこの現状に内心嘆息して、俺は明美の表情を窺《うかが》った。

明美は答えを待っていたが、その佇《たたず》まいは余裕を感じさせて、志乃原が待ってくれるのを確信しているのかもしれない。

「……オトしてはないって。ほら、釣り合わないだろ俺は」

戯けたように両手を広げてみせる。

自分で言うのは不本意だったが、今はこの場の雰囲気を取り成すことを優先させる必要がありそうだった。

明美は俺の言葉に、頭を右に傾ける。

「釣り合うとかそういう次元の話じゃないって。あんな堅物をオトしてる時点で、悠太には他の男よりよっぽど魅力があるんだろうなって思うけど」

「ど……ドウモ？」

いつの間にか名前が呼び捨てになっているが、そこに感想を抱く前にとんでもない誘いがあった。

「ねえ、今からデートいかない？」

「は⁉」

思わず素っ頓狂な声を上げる。初対面に近い人からデートに誘われるなんて、予期している方がおかしい。それに、明美は元坂と付き合っているはずだ。

「ありゃ、こういうお誘い初めて？　今ナンパしてるんだけどな」

「いや、ちょっと待って。明美って元坂の彼女だよな？」

「え？　あー、まあね。そうだね、じゃあナンパって言っちゃうと良くないか。うーん……」

明美は親指に顎を乗せて、数秒沈黙する。普段なら志乃原が割り込んでくるタイミングだが、後ろで大人しくしているままだ。

するとと明美は人差し指をピンと上げて、明るい表情を浮かべた。

「じゃあ、二人で遊びに行こう！」

「変わってないんだけど⁉」

俺がまたツッコむと、明美は不満げに「えー」と反応した。

「別に遊ぶくらいはいいじゃん。悠太だって彼女できても彩華とは二人で遊んだりしてたでしょ？　何が違うのか分かんないでーす」

「いや、俺は――」

――言いかけて、飲み込んだ。

今口にしようとした言の葉は、明美にとって理路整然とはいかない感情論だ。しかし俺たちの事情を知らない相手に説明するのは難しいと、思わず口を噤《つぐ》んでしまった。

当時の礼奈の気持ちを考えてしまい、胸がジクリと痛む。あいつの痛みはこれ以上だったということを理解しているからこそ、余計に気持ちが沈んでしまう。いくら礼奈が、俺の自責の念を否定してくれていてもだ。

「私と遊ぶのそんなに嫌なの？」

「え？」

俺の沈黙を拒否の意と捉えたのか、明美は若干不満そうな声を漏らした。だが今度はすぐに頰《ほお》を緩めて、言葉を続けた。

「まあいいや。私も部活忙しいから、今返事貰《もら》えないなら――」

明美はポケットからスマホを取り出して、緑色の画面を表示した。

「ほら、ＱＲコード。翳《かざ》して、ほら」

「あ、うん」

言われるがまま、俺はスマホを翳してコードを読み取った。友達追加の表示がピロンと画面に浮かぶ。誰かと連絡先を交換するのは久しぶりだった。

「ラインするかは分かんないけどね。逃した魚は大きいぞ～」

悪戯《いたずら》っぽく笑う明美に、俺はシッシと手を振った。

「うわ、そういうことする？　さすが彩華の彼氏はやること違うわ！」

明美は面白そうに笑うと、視線を横に流した。その先にいるのは志乃原だ。

「彩華とは中学時代仲良かったのか？」

何気なく明美に訊いた直後、内心頭を抱えた。

明美の興味を自分に戻そうとするにしろ、もっとマシな質問があったはずだ。

昨日講義室で感じた雰囲気を、仲睦《なかむつ》まじいものと評するのはとてもじゃないが難しかった。

だが、明美はあっさり首を縦に振る。

「うん、まあね。彩華が主将で、私が副主将だったから」

「へえ……主将」

彩華が主将を務めていたのは初めて知った。しかし言われてみれば、彩華が部員を纏《まと》めている姿は容易に想像できる。外面《そとづら》を作らない頃の彩華は、きっとそのカリスマ性で部を引っ張っていたのだろう。

感心していると、明美は目を細めた。

「主将は彩華。私は副主将」

「え？　ああ」

彩華が主将だったのを知ったのが初めてだったので、つい片方にだけ反応してしまった。

俺が笑って誤魔化《ごまか》すと、明美は小さく息を吐く。

「ま、確かに彩華だけに気持ちが向くのは分かるよ。当時はほんとにすごかったからね」

「へえ、そんなに上手《うま》かったのか」

俺は彩華のプレーを見る機会は一度もなかった。高校は体育が男女別だったのが要因だ。しかし彩華がずば抜けたプレーを見せれば確実に俺の耳にも入っていたはずだが、記憶になかった。

些《いささ》か不自然な話だ。目立つ存在が目立つ行動をすれば、話なんてその日中に回ってくる。それが俺の息苦しくも、思い出深くもある高校生活だった。

であれば十中八九、素人のふりでもしていたのだろう。何となく彩華らしくないなと、疑念を抱く。その思考回路を肯定するように、明美は何度か頷《うなず》いた。

「当時は全国レベルくらいあったんじゃないかな。名前は結構知られてたよ」

「へえ、さすがだな」

「私も、今はそれくらいあるよ。それ以上かも」

明美は口元に弧を描く。瞳には静かな闘志が燃えていて、何年も経《た》った今でも彼女は彩華をライバル視しているのだろうと察せられた。

「あわよくば、ここに来たら彩華がバスケやってるかなって思ったんだけど、まーいるわけなかったね」

明美はつまらなそうに愚痴を溢《こぼ》して、視線を志乃原に移した。志乃原は明美と目が合うと、暫《しばら》く見つめ返していたが、やがてまた逸らす。

「てか、志乃原も悠太と仲良いんだね。それ彩華は知ってるの？」

「……知ってると思います」

「へえ、ちゃんと断りは入れてあるの？」

「いえ、それは……その、流れで知るところになりました」

「ふうん、そう。でも――」

明美が何か言いかけたところで、俺は「ちょっと」と口を挟んだ。多少強引な割り込み方だったが、少し打ち解けたこともあってか明美は素直に口を噤んでくれた。

「ん？　どしたの」

「……俺ら、もう大学生だぜ。先輩に管理されなくても、自分で判断できるだろ」

中学の時は、一年という差が判断能力の熟度に大きく関わることから、先輩に判断を仰ぐのが主だった。その多くは部活に関わることだったが、私生活についてもそうだったかもしれない。

だが今の俺たちは大学生で、二十歳を越えている。明美が志乃原の人間関係に口を出すのは不自然な話だ。仕事に関するものなら話は別だが、それも今この状況には該当しない。

「先輩……」

志乃原は、明美が来てから初めて俺の方を見上げた。

瞳から何かを感じ取る前に、明美の含み笑いで視線が途切れる。

「なるほどね。次は悠太ってわけ」

明美はそう言うと、俺に視線を投げた。先程の打ち解けた雰囲気は霧散し、ロビーに静寂が戻る。

明美が志乃原に向き直る。

志乃原は若干緊張した面持ちで、明美を見上げた。

両者が一瞬見つめ合う。

「……悠太の前で言うのも悪いけど、辞めるタイミングは考えなよ。そこは反省した方がいい」

「……はい。すみませんでした」

何の話か、俺には知る由もない。もしかしたら大会前のような忙《せわ》しない時期に退部したのかもしれない。

素直に頭を下げた志乃原に、明美は歯を見せて笑う。

「よろし！」

そう言って、志乃原の頭をくしゃりと撫《な》でた。

そこで志乃原は初めてぎこちないながらも笑顔を見せて、緊迫した空気が緩んだのを感じた。

「じゃあ二人とも、ちょろっとコート入ってもいいかな？　シュート何本か撃ったら帰るからさ」

その言葉に、志乃原が真っ先に「こっちです」と入り口へ案内し始めた。俺は床に置かれたままのウォータージャグを持って、二人についていて行く。

コートに着くと、試合は終わり休憩時間に入っているようだった。

明美はゴールを見据えて、志乃原に「パス」と呼びかけた。

飛んできたボールを殆《ほとん》ど目視せずに捕球し、少しも静止しないまま流麗なモーションでシュートを放つ。五本、六本と連続で決めたところで、明美は満足そうに頷いた。

「悠太。ここ、良い場所だね」

「え?」

明美の呟きが意外で、俺は思わず訊《き》き返した。日頃から部活に身を浸す明美からみれば、ぬるま湯どころの話じゃなさそうだが。

「さっき、ちょっと練習見てたの。純粋にバスケ楽しんでるんだって感じがして、いいなーって」

「まあ、バスケは楽しいけど」

そう答えながら、明美の平たい声色に違和感を覚えた。ただ、それがサークル活動に対してのものであるかは判《わか》らない。

「あ、疑ってるね」

図星を突かれて、俺は思わず押し黙る。すると、明美は軽い口調で「いいよ」と言った。

「悠太って、彩華と何かきっかけがあって仲良くなったんでしょ」

唐突な質問だったが、俺は「ああ」と肯定した。詳細を教える気はないが、これくらいは認めてもいいだろう。後ろめたい気持ちはないのだし。

「やっぱりね」

明美は合点がいったというように頷いて、傍《そば》に転がっていたボールを払い上げる。オレンジ色の球体を暫く見つめてから無造作に籠に投げると、縁の部分に跳ね返された。ボールは床に落ちて、小さくバウンドしながらこちらに転がってくる。その光景を、明美は無表情で見守った。

「やっぱり、男子用のボールは重いわ」

肩を竦《すく》めて、ボールを俺に渡す。そのまま体育館の出口に向かうので、慌てて追いかけると、明美はぴたりと立ち止まった。つんのめってピンクゴールドの後頭部に鼻先が当たりそうになったが、何とか回避する。

「あー、言い忘れてたけど」

「な、なに」

「あの子に元気なくなってたら、全部私のせいだから」

「はい？」

「じゃーね、彩華の友達」

明美はそう言い残して、体育館を後にした。更衣室に向かうためか、曲がってしまったのですぐに姿は見えなくなる。

一瞬だけ視認できた横顔は、酷《ひど》く冷めていた。目の錯覚かもしれない。だがこの体育館で、明美は最後まで心を開いていなかった。俺を〝彩華の友達〟と呼んだのは、自分の友達ではないと暗に示している。

目的があって、彼女は此処《ここ》へ訪れた。

彩華がいない時点で、明美の中ではすぐに帰ることが確定していたに違いない。……それなら何故《なぜ》下手なナンパのような真似《まね》をして、半ば無理やり連絡先を交換させたのだろう。

「ねえ、先輩」

明美の姿が見えなくなってから、志乃原が俺に話しかけた。

「んだよ」

「明美先輩、怖かったですか？」

「いや……怖いっていうか、よく分からない人だなって印象かな」

「そうなんですね。……私はずっと怖いんですよね」

「ああ、なんかビビってたな。中学では怖かったのか？」

志乃原は苦笑いした。

「はい。もう、とっても」

「へえ。じゃあ丸くなったんだな」

そう言うと、志乃原は頷いた。ぎこちない表情が引っ掛かったが、次の瞬間にはいつも通りの笑みを浮かべる。

「あの人が頻繁に来るような話にならなくて良かったです」

「まあ部活勢だしな。今日が特別なんだろ」

そう自分で言ったものの、今日が何の日かは見当がつかない。明美が彩華と話す機会なんて、大学に入ってからいくらでもあったはずだ。明美の気まぐれだという線が、最も濃厚だと思う。

「そっか……確かに今くらいの時期だったかもしれませんね」

志乃原が腹落ちしたような声を出したのが意外だった。

「何かあったのか？」

「別に、変わった話じゃないですよ。全国大会目指してたチームが早々に負けた。それだけの話です」

志乃原の言う通り、何処にでもあり触れた話だ。当人たちからみれば衝撃的かもしれないが、傍《はた》から聞く分にはそういうこともあるだろうと感じる。

ただ、明美が後の高校時代にインターハイへ出場したこと、その彼女が彩華の実力を当時の自分より上だと評した事実を鑑みると、早々の敗退という結果は少し不自然に映った。

勝負の世界は、何が起こるか分からない。昨今どこにでも転がっている言葉で自分を納得させたが、引っ掛かるものだけは取り除けなかった。

「ほんとに彩華先輩からは、聞いてないんですね。中学の話、一つたりとも」

志乃原の口調には、どこか棘《とげ》があった。誰に対してのものかは明白だ。

あいつがバスケ部だったことすら、本人の口から聞かされたものではない。隠したいものがあるというのは、随分前から俺も認識している。彩華も、俺がそう認識しているのを分かっている。

かつて俺は、「彩華が話したい時がくるまで聞かない」と言った。それは嘘偽《うそ》りのない本音だ。──しかし。

「まあ……そうですよね。話しっこないか、彩華先輩は」

その言葉に、どんな意味が込められているのか。

コート外で休憩する選手たちを眺めながら、俺は考えを巡らせた。

第５話　雨は止まない

雨予報ばかりだ。気象庁によると、まだ梅雨は明けないらしい。

一週間分の天気予報に目を通した俺は、落胆する気持ちに任せてベッドへ身を投げた。

掛け布団に身体《からだ》が沈んでいく。普段はこの瞬間を心地良く感じていたものの、湿気の溜《た》まった部屋ではただ蒸し暑いだけだ。

むっとした面持ちで起き上がると、カーテンの端からチカチカと光が漏れた。

既に夜の帳《とばり》は降りており、今日という日が終わろうとしている。

ここ一週間、また彩華《あやか》からの連絡が途絶えていた。

……この表現は不適切かもしれない。ラインのトーク欄には、互いのスタンプが一つずつ。それは俺たちのやり取りが一段落ついた証《あかし》であり、そこから連絡をしていないことは何ら不思議ではない話だ。

だが、無性に湧き出る不安は拭えない。落ち着かない気持ちを誤魔化《ごまか》すために部屋の掃除をしていたが、一向に気は晴れない。

これが唐突な明美《あけみ》との邂逅《かいこう》に起因していることは明白だった。

彩華の過去なんて、今の彩華と仲が良いのなら関係ない。そう思っていても、明美や志《し》乃原《のはら》から少しずつ明らかにされていく。自分の意思に反して、パズルのピースが徐々に埋められていく。

こんなことならもう、本人の口から聞いておきたい。

彩華の連絡が途絶えたのは、そう思い始めた矢先だった。

「あいつ、何してんだろーな」

誰に向けられた訳でもない言葉は、そのまま部屋へ消えていく。

再びチカチカと、カーテンの端から光が漏れ出した。

近くに車が停《と》まっているのだろうかと目を凝らしたが、ハザードが焚《た》かれている訳でも無さそうだ。大小の光をリズミカルに刻んでいるのは——

「やばっ」

急いでカーテンを捲《めく》ると、着信画面になっているスマホが窓縁《まどべり》に置かれていた。先程部屋を掃除した際、置き忘れていたらしい。

「もしもし」

『あ、もしもし?』

電話先の声は、礼奈《れいな》だった。

「どうした？　電話してくるの珍しいな」

頻繁に電話をしていた時期もあったが、実際かけてきたのは今年の冬以来だ。

普段自宅にいると喋《しゃべ》ることが億劫《おっくう》になりがちな俺にとって、電話をする相手はほんのひと握り。礼奈一人と話して一日を終える日もあったくらいだ。

雑談が殆どを占めていて、建設的な話なんて滅多《めった》にない。

でも、俺にとってはそれで良かった。かつてはそれが良かったんだなと、思いに耽《ふけ》る。

『悠太《ゆうた》くんが出てくれて嬉《うれ》しい』

「そりゃ出るよ。スマホが鳴ったんだから」

『ふふ、そうだね』

礼奈は何かを噛《か》み締《し》めるように答えた後、俺に訊いた。

『那月《なつき》からの電話は出られなかった？』

「え？」

一旦耳元からスマホを離し、スピーカー設定に変える。

通知欄を表示させると、確かに『不在着信：那月』と記載されている。

「あー、きてるな。出れてなかった」

『悠太くん今なにしてたの？』

「掃除」

俺はスマホを片手に、床に転がっている掃除機をクローゼットの中に収納してから、ベッドに放置されていたクッションを取った。

床に敷いて腰を下ろすと、身体が僅かに沈む。

『何かあったの？』

「いや、別に」

『そっか、掃除って珍しいと思ったんだけど。悠太くんも変わったんだね』

……そういえば付き合っていた頃は、自分であまり掃除していなかった。

たまの掃除は頭の整理をしたい時だったのを、礼奈は知っている。だからといって、俺から彩華の話題を持ち出すのは避けた方がいいだろう。

何か適当な話がないかと脳内で模索すると、丁度良いものが見つかった。

「そういや、今年の夏にサークルで海行くんだけどさ。礼奈も来ないか？」

『え、それって私も行っていいの？』

「いいよ、皆《みん》な結構自分の仲良い人呼ぶみたいだし。那月も一緒に来たら、きっと暇しないと思うぜ」

先週の体育館で、礼奈は自身のうら寂しさを吐露していた。

その日の夜に、俺は何とかしてそれを和らげてやりたいと考えていた。サークル内のイベントに参加すると、きっと色んな人との仲が深まる。

人付き合いが増えると、礼奈もネガティブなことを考えなくて済むかもしれない。当たり障りのない話題を模索した結果だったが、俺の本心には違いなかった。

礼奈はほんの少し間を置いた後、明るい声色で答えた。

『うん、私行きたい。去年の海も楽しかったしね』

「去年か、確かにな」

その頃は、まだ付き合っていた。

二人で初めて旅行に行ったのが日本海の海辺で、二泊した後家に戻ると背中の皮が捲れてしまったのをよく覚えている。

「今年は多分九州か沖縄だ。結構参加する人数多いと思うけど、それでも大丈夫なら話通しとくよ」

『大丈夫！　嬉しいなあ、誘ってくれてありがとう』

声色が上向き調子なので、内心ホッとする。

男女が入り混じる場所に誘うことには、少なからず後ろめたい気持ちがあった。合宿では俺も付き合いがあるし、恐らく四六時中一緒にいるのは難しい。

それでも最近の礼奈は志乃原と打ち解けていたように見えたし、那月も誘えばその仲を他の人へ派生させていくことも容易に思えた。

礼奈が若干控えめな性格であるのは承知しているが、友達が少ない訳ではないからだ。

「那月にも、さっきの電話に折り返すついでに言っとくわ。何の用だろうな、あいつが電話なんて」

俺が独り言のように口にすると、礼奈は先程よりも長く沈黙した。怪訝《けげん》に思ってもう一度言おうとすると、礼奈が口を開く気配がする。

『彩華さんのことだと思う』

「彩華？　なんで」

なんで那月が彩華について、俺に電話をしてくる。

なんで礼奈が、それを知っている。

そんな二つの意味が込もった単語を知ってか知らずか、礼奈は『この前ね』と話し出した。

『彩華さんと会ったの。私に謝ってくれたのは、前にも言ったと思うけど』

「ああ、そこは聞いたな」

俺も同伴しようと思っていたから、それを聞いた時は驚いた。同時に彩華らしいと感じ、納得もしていた。

『あの後、彩華さんの様子は変わらなかった？』

礼奈の問いに、俺は思考を巡らせる。

想起してみても、彩華に変わった様子は——沢山あったように感じる。言葉で形容するのは難しいが、〝いつもと違う〟という印象だけは脳裏に刻まれていた。

きっとそれは高校から付き合いのある俺だけではなく、サークルが同じ那月も同様に感じていたはずだ。

あの講義室の件は、彩華が礼奈と邂逅した時期からズレている。どちらかというと明美との絡みでピリついた空気を出していたと、今ではその印象に落ち着いている。

だが、それ以前の話では可能性がある。

思い返せば、俺は彩華と一週間ほど会えない期間があった。会わなかったからいつもと変わった様子があるかなど判《わか》らないが、一週間会わないという事実は変わった様子と言えるかもしれない。そこは確かに礼奈と邂逅した時期と一致している。

「ちょっと変わってたかもしれない」

詳細は伏せて、そう答えた。

すると、礼奈は小さく息を吐く。

『そっか。私のせいかな』

「……彩華に何か言ったのか？」

迷った末、なるべく穏和な声を作って訊いた。俺が原因となっているから、たとえ礼奈が何か言ったとしても咎《とが》める権利は無い。

ただ、俺は起こった事実を正確に把握しておきたかった。

『何か言ったし、何か言われたかな』

予想外の回答に俺は動揺したが、礼奈は落ち着いた口調で続けた。

『でも喧嘩《けんか》とかじゃないよ。別れる時は、私も彩華さんも笑ってた』

「そ、そうか」

先程より強く安堵《あんど》した。俺にとっては、彩華も礼奈も親しい人間。だがその二人に仲良くしてほしいなんて、俺は口が裂けても言えない。

俺という存在がいない場所で出会っていれば友達になっていたかもしれない二人も、あの一件が障壁になってしまっているのは事実だ。とはいえ二人が喧嘩してしまうのは本当に避けたかったので、礼奈の発言はありがたかった。

『彩華さん、大学休みがちになってるって、那月が言ってた。サークルに至っては連絡なしで数週間行ってないんだって』

「ほんとか、それ」

『私、嘘《うそ》なんて言わないもん』

「そ……うだよな。ごめん」

謝罪しつつ、俺は信じられない気持ちだった。

彩華は口先では「サボりたいわね」なんて言いながら、風邪以外で講義を休んだ姿は見た記憶がない。サークルに関しては俺の知るところではないが、那月の反応を鑑みるに、今まで講義と同じく皆勤に近かったのだろう。

彩華なりに努力して作った環境にもかかわらず、一言もなしに休むなんて彼女らしくない話だ。

数週間欠席しているといえど、サークルの活動日は精々五日程度。それくらいなら休む人なんて珍しくもないが、那月もその人物が彩華だから心配しているに違いない。

俺自身、最近連絡が取れなくなっているのもあって胸中に暗雲が渦巻いてくる。

一度電話をして、声を聞きたい。

俺はそう思って、「礼奈」と声を掛けた。

『電話してくる？』

「ああ、ちょっとだけな。また——終わったら、掛け直すよ」

そう言うと、礼奈は『え』と声を漏らした。

『また掛けてくれるの？』

「そりゃな。だって礼奈が電話してきた目的聞けてないし。なんか用あったんだろ？」

俺が訊くと、礼奈は暫《しばら》く黙った後否定した。

『ううん。嬉しいことに、もう済んじゃった』

「あれ、まじで？」

『まじ。でも掛け直してくれたら嬉しいな、私バイトの時間まで手持ち無沙汰なんだ』

今は何のバイトしているのか訊こうとしたが、すんでのところで口を閉じる。

その話はまた後ででいいだろう。

俺は「さんきゅーな」と一言添えて、礼奈との電話を終えた。画面にトーク欄が表示されて、礼奈のアイコンが目に入る。

顔を除いた彼女の上半身を、横から撮影した写真だ。右手に嵌《は》められているブレスレットは、二年前から変わっていない。

一緒に選んだエメラルド色の装飾が施された、お揃《そろ》いのブレスレット。片方は礼奈の腕に。そしてもう片方は、俺の自室の引き出しに収納されている。

棚から久しぶりに取り出してみると、以前と変わらない輝きが瞳に映った。

◇◆

「それで電話が繋《つな》がらなかったから、うちに来たって訳？」

呆《あき》れ顔《がお》の彩華が、玄関ドアを少し開けてこちらを覗いている。

ドアは俺の家よりも重厚で、北欧を彷彿《ほうふつ》とさせるプレートが掛かっているなど外観も洒落《しやれ》ている。

「あ、ああ……そうだ」

俺は何だか居た堪《たま》れなくなり、後退《あとずさ》りした。

時間を空けて二度電話をしても繋がらなかったので、俺は意を決して彩華の自宅に訪問していた。

インターホンを二、三回鳴らすと、ようやく応答があり、玄関が開いたという流れだ。

彩華はキャミソールにパーカーを羽織っているだけで、明らかなオフ姿。目が合った瞬間に俺は思わず叫びそうになったが、彩華は「なんであんたが女子みたいな反応してんのよ」と小さく笑った。

だが思い直したのか、今はパーカーのジッパーを首元まで引き上げて刺激が少ないようにしてくれている。

「まあ……せっかく来たんだし、入る？」

彩華はドアを広めに開けながら、促した。

「いや、ここでいい。顔見たかっただけだし」

「そ。で、何の用？　ほんとに顔見たかっただけ？」

彩華は小首を傾《かし》げる。その仕草は、いつも通りの彼女に見える。

だが、いつも通りなら大学を休み続ける道理がない。俺に悟らせないように振る舞っているという線の方がしっくりきた。

質問に答えない俺へ、彩華は何を思ったのか、口角を上げた。

「お綺麗《きれい》な顔見れて満足した？」

「満足した。休みが続いてるみたいだったから、やつれてるかもしれないって心配してたけど」

俺はそう言って、腕に引っ提げたビニール袋を彩華へ渡した。中には栄養ドリンクやゼリーなど、病人に嬉《うれ》しいものが揃っている。

「ありがと。そう、心配してくれてたのね」

「当たり前だろ。お前最近何で休んでんだよ」

こともなげに言葉を連ねる彩華に、俺は少し苛立《いらだ》った。

心配するに決まっている。彩華が俺を気にかけてくれていたように、俺だって常に彩華を見ている。

だというのに心配しないなんて、何故《なぜ》思えるのだろうか。

俺も何故こんなにも些細《ささい》なことで、苛立ってしまっているのだろうか。

——揺らいでいるからだ。

それを自覚し始めているからこそ否定したくて、かといって否定し切れる根拠を見つけられなくて苛立っている。

彩華は俺の質問に暫く黙った後、口を開いた。

「あんたも沢山休んでたでしょ。それと同じよ」

「サボりってことか？　嘘つけ、お前がそんな――」

「本当よ」

ハッキリした声色に、俺は押し黙った。

「私、みんなが思ってるより良い人じゃないのはあんたも知ってるでしょ」

「それとこれと、何の関係があるんだよ」

俺を前にした彩華は、周囲が思っているほど温厚でも、潑剌《はつらつ》とした笑みばかり浮かべている性格でもない。

それが良い人ではないという評価に直結するかと問われたら否だが、少なくともこの話とは関係ないように思える。

だが俺の思考回路を読んでいたのか、彩華はかぶりを振った。

「私、あんたが思ってるより完璧でもないの」

「完璧なんて――」

「思ってないの？」

……思っていないと、断言できるだろうか。無論欠点があるという意味では、彩華は完璧ではない。それは自然なことで、人間誰にだって弱みはある。

弱みを上手《うま》く隠しているか、隠していないか。第三者が気付くか、気付かないか。

完璧か完璧じゃないかなんて、それだけの違いだ。

俺は彩華の欠点を知っている。ちょっと強引だったり、自我が強すぎるのも人によっては欠点と宣《のたま》うかもしれない。

だが俺はそれらの欠点を、むしろ彩華の良いところだと思ってしまっている。

となれば、俺から見ると彩華は完璧に近い存在だ。

彩華は、そんな俺の意識に問いを投げたのだろうか。

「さすがに完璧ではないだろ。でも俺にとっては完璧かもしれないって、そういう意味では思ってたかもな」

「でしょ。……以前のあんたは、きっとそうじゃなかった気がする」

以前とは、いつの話だ。高校生の時か、それとも大学一年生の時か。

「だからちょっと休みがちになっただけで心配しちゃうの。私は元々こんなものだし、心配なんてしないでいいから」

彩華は肩を竦《すく》めると、玄関のドアを全開した。

「やっぱり入りなさいよ。あんた帰りたくなさそうだし、このまま玄関で話すのは私が疲れちゃう」

「う……いや、でもいいのか」

「いいって言ってんでしょ。ほら」

彩華は俺の襟を摘《つま》むと、グイッと中に引き入れた。

俺は前につんのめった勢いで、家の中に入ってしまう。

「別に初めてじゃないでしょうに」

そう言い残した彩華は、俺が靴を脱ぐのを待たずにリビングへ歩いて行った。

リビングは少し模様替えが施されていた。観葉植物はベランダに移動して、代わりに淡い光を放つ3Dクリスタルが置かれている。

オルゴールの上に置かれていることから、曲を流すと連動して光るのかもしれない。

インテリア一つとっても拘《こだわ》った内装を羨みつつ、自分にはまだ先の話だろうという諦めもある。

今は服などの身に付けるものだけで精一杯だ。

それに、彩華の家は1LDK。俺の家とは広さが違う。

これが全て自分だけのスペースなら、家の中にまで拘りが出る気持ちも分かる気がした。

彩華は二人用のソファに腰を下ろし、傍《そば》にあったクッションを抱えた。

「座らないの？」

「いや、俺はいい」

二人用ソファといえど、並んで座ると身体《からだ》が触れてしまいそうだ。今は余計なことで気を散らしたくない。

彩華は俺の返答を聞くと、絨毯《じゅうたん》の上に落ちているクッションを指差した。

「じゃあ、それ使って」

「ありがとう」

以前この家を訪れた際に使用していたクッションだ。俺が持っているそれよりいくらか高価なのだろう、外見や触り心地が違っている。匂いも良く、少し心が落ち着いた。

「嗅いだらダメだからね」

「わ、分かってるよ」

口を尖《とが》らせると、彩華はクスリと笑みを溢《こぼ》した。

いつも通りの表情だ。

「ねえ、私もあんたに話があるの」

いつも通りの声色。いつも通りの明るさ。付き合いの長い俺でも、何の違和感も抱けない。

「ねえってば」

「へっ」

思考から引き戻されて、素っ頓狂な反応をしてしまう。

だが彩華は気にした様子もなく、淡々と話し始めた。

「樹《たつき》さんが今月からミスコンの運営に入っててね、どうも人手が足りないらしいの。あんたに手伝ってほしいって言われたんだけど——」

ミスコンの運営という単語が耳に入った瞬間、俺は礼奈との一件を思い出さずにはいられなかった。

だが、今回は何の関係もない。

具体的にミスコンの運営がどんな取組をするのか全く知識がないが、興味はあった。

「──断っといたから」

だから、彩華の発言に再度間抜けな反応をしてしまった。

「え、なんで」

「なんでって、樹さんの都合にあんたを巻き込めないじゃない。でも声を掛けるように頼まれちゃってたから、あんたがバイトか何かで忙しくしてるってことにしといた」

樹さんの都合といえばそれまでだが、俺自身が興味があるという可能性は考慮されていなかったようだ。

だが元々ミスコンの運営スタッフを募集していたのは先月だったので、この時期に暇にしている時点で興味がないと見做《みな》されても仕方ない。

来年は立候補してみようかなと思案していると、彩華は続けた。

「だから、樹さんに何か言われた時は口裏だけ合わせといて。責めるような真似《まね》は百パーセントしない人だけど、話題くらいにはするかもしれないから」

「ああ……おっけー。彩華は誘われたのか？」

「私は元々参加予定よ。色々経験積めそうだしね」

「そ……そうか」

そこで初めて、小さな違和感を覚えた。

去年のクリスマスには、合コンに半ば無理やり参加させられた。一年生の時も、それと同じような場面が何度もあった。

『Green』の新歓の手伝いにも、特に気負いもなく頼んできた。

俺自身、彩華からの頼みは時に渋りながらも毎度のように承諾していた。俺たちの間に確固たる信頼関係があったからだ。

俺の意見を聞く前に断りを入れておかれるなんて初めてかもしれない。いつもなら、

「一応訊いてみるんだけどさ」という前置きを入れつつ、頼み事をしてきたはずだ。

ただ、今回に限れば不思議ではない。何故なら合コンや新歓という一日限りのイベントと、ミスコン運営という定期的なスケジューリングを強制されるものでは、全くの別物だ。

だから、俺は少し試すことにした。

「なあ、俺が参加したいって言ったらどうする？」

「え？」

これなら、彩華の真意がハッキリする。

……何をやっているんだろうなと、心の中で自嘲的に笑った。

他でもない彩華を試すような真似をしてしまえば、もう引き返せない気がした。俺の取った行動は、これまでの信頼関係を疑うのと同義にも思える。

——やっぱり無し。

声を発するのが、僅かに遅れた。

「私一人いたら何とかなるから、あんたは参加しなくていいわよ」

喉までせり上がっていた言葉が、鉛のように沈んでいく。代わりに用意した言葉は実に気弱なもので、ぎこちない声色となった。

「……いや、役に立つとか抜きに、俺が参加してみたいって話なん——」

「いらない」

彩華はピシャリと俺に蓋をした。

確定だった。

普段なら引っ掛からない発言も、これまでの状況が重なると全く違ったものに映ってしまう。

……まだ大丈夫。先週の俺は、そう思っていた。だが今となっては、願いにも似たものへと変移している。

それほどまでに俺たちの関係性が不安定になっていると認めざるを得ない。

俺たちの関係は確固たるものだと思っていた。色んな障壁を乗り越えて、この関係がきっと大人になっても——社会人になっても続いていく、続いていきますようにと願っていた。

だが一度瓦解してしまっては戻らないような儚《はかな》さを感じ始めている自分に対し、余計焦燥感が募っていく。

俺たちはこんなに脆《もろ》かったのか。

特別な関係ではなかったのか。

ともかく、この瞬間が重要だ。今日の行動が、今後の俺たちを左右しかねない。

そんな根拠のない思考がぐるぐると脳内を巡っている。

「あんたに迷惑かけたくないのよ」

「いつも俺がお前にかけてるんだから、そこは気にしないでくれよ。そんなに頼りないか？」

自分の発言に、心底嫌気が差す。日頃俺が彩華に頼り切りになっているのは確かだが、こんな訊《き》き方をしても〝そんなことない〟としか返答できないに決まっている。

無意識のうちに、訊き方一つで彩華の返答を絞ってしまった。

きっと俺は、恐れている。

私はしっかりしてるから、あんたは必要ない。

俺はしっかりしていないから、彩華が必要。

　この一方通行の状態を、彩華の口から発せられることを恐れている。それを言われては、きっと今までの関係には戻れないから。

　人間関係に一度でも損得勘定という概念を介入させてしまっては、もう取り除くのは難しい。

「そんなことないわよ。頼りにしてるけど」

　命拾いしたと安堵《あんど》した。

　もしかしたら彩華にも、同じような焦燥感があったのかもしれなかった。もしかしたら、全く異なる焦燥感が。

　だから避けられているのかもしれない。……そう、避けられている。小さな違和感の正体は、きっとこれだ。

　直接訊く以外に確かめる術《すべ》はないが、そう直感した。

「……彩華は副代表やバイト、普段の生活で色々忙しいと思う。それに加えてミスコン運営ってなったら結構ハードな気がするけど」

「なに、また心配してくれてるの？　大丈夫よ、今期は講義を三つか四つ減らしてあるから、運営に入ってもまだ余裕あるわ」

「それなら……いいけど」

　相変わらず隙がない。今だけは、それが障壁だと感じてしまう。

自分の能力に自信を持ち、かといって過信もしない。それで結果が付いてきているのだから、誰も彩華につけ入ることができない。

だが俺にはそんな能力の高い人と一緒にいるという誇らしさはなかった。あるのは、高校時代から自分の全てを曝《さら》け出せる親友がい続けてくれるという幸福感。

今までは、それだけで良かった。

だが避けられているという不安を初めて抱いたこともあり、俺の思考はいつも通りではなかった。

かつての那月の提言が脳裏を過《よぎ》っている。

——みんながみんな、彩ちゃんみたいな完璧人間だと思っちゃダメだから。

それは暗に、俺と彩華が対等ではないと示している。那月がそんな意図を持っていなかったとしても、そう解釈できてしまう。

対等だとかそんなつまらない概念はとっくに捨てたはずなのに、今だけは心に引っ掛かる。

「よかった。必要とされてないかもって思った」

そんな言葉が口をついて出たのは、今までにない焦りからの反動、安堵感によるものだった。

「……なにそれ」

彩華の反応は冷たいものだった。

俺は何処《どこ》かで、必要に決まってるじゃない、なんて返事を期待していたのだろう。

「必要だとか、不必要だとか、そんな利害関係みたいなこと言わないでよ。あんたは楽しいから私といたんじゃないの？」

返す言葉が見つからない。損得勘定を入れてはいけないと思っていたのは、つい今しがたの話だ。

それなのに瑣末《さまつ》な劣等感を抱いた俺は、自分でそれを口にしてしまったのだ。

普段つまらない事柄を饒舌《じょうぜつ》に喋《しゃべ》るこの口は、何故《なぜ》か少しも動いてくれなかった。

「私を好いてくれてるから、一緒にいたんじゃないの？」

「……そう、だけど」

責めるような口調から、先程の彩華の真意を察せられた。

──私は完璧じゃない。

彩華は些細《ささい》なことで心配をしてほしくない気持ちを伝えたかったのだと解釈していたが、きっと本質は異なっていた。

私はあんたと同じ。……それを伝えたかったのかもしれない。

「そうよね。じゃあなんで必要、不必要みたいな話になったの」

「いや……ほら。好きだったら必要だし、嫌いだったら不必要だろ。そういう意味で言ったんだ。嫌われたんじゃないかと思ってさ」

思わず、俺は場を収めるための嘘《うそ》を吐《つ》いた。

事実先程の俺が放った〝必要〟という言葉には、そういったニュアンスも含まれていた。

――俺、こうした機転だけは利くんだな。

彩華は納得したのか、それとも俺の本意だと思わなくても反論の言葉が出て来なかったのか、暫《しばら》く黙った末に短く「そっか」とだけ呟《つぶや》いた。

「そういう意味で言ってたなら、必要ね。どちらにしても、いらない考えだと思うけど」

「ごめん」

「ううん、私こそ。……やっぱりちょっと余裕ないみたい。いつもならこんな雰囲気にさせないのに」

「こんな雰囲気？」

「こういう、微妙な雰囲気よ。私、あんたに気遣われるくらいなら――」

そこで、彩華は言葉を詰まらせた。何か続きがあると思って、俺は無言で耳を澄ます。

「そういえばさ。あんた、あの講義以外で明美と喋った？」

「え、なんで」

唐突な問い掛けに咄嗟《とっさ》にどっちつかずの反応をすると、彩華は天井を見上げた。

「……そう、喋ったのね」

俺の返答で確信を得たのか、彩華は再度押し黙った。

窓の外からゴロゴロと空が唸《うな》り声を上げているのが聞こえる。俺が此処《ここ》へ来た時はまだ雷が鳴る様子はなかったので、運が悪い。

彩華は雷を意に介す様子が全くない。出先で遭遇する至近距離の雷が駄目だったよなと、俺はつまらない記憶を思い出した。

……つまらないと思うままでいい。あのつまらない記憶を幸福だと感じる時は、この日常を失った後のことのように思えてならない。

彩華とは、これからもつまらない日常を積み重ねていきたい。

だが、次に発した彩華の声色は日常のそれではなかった。

「あんた、聞きたいのね。明美との話とか」

「まあ、な。でもあの時の言葉は今でも変わらないぞ」

「なによ」

怪訝《けげん》な表情の彩華に、俺は口角を上げた。

自身の焦燥感を誤魔化《ごまか》すための表情は、彩華にはどう映っているのだろうか。

「俺は、何も言わずに待つっ」

彩華の長い睫毛《まつげ》が瞬いた。

「……それあんたから言ったんじゃなくて、私が頼んだ気がするんだけど」

「あれ、そうだっけ」

言われてみれば、確かに彩華から頼まれていた気がする。

何故か脳内で俺が格好良いように変換されていた。

「そうよ。〝言いたくなくても言ってほしい〟っていうのが、その時のあんたの言葉」

「……全然違うじゃん俺」

格好悪い、自分の心中を表したありのままの言葉だ。

——そうだ。彩華の前ではありのままでいよう、素直でいようと、高校時代から決めていたはずだ。

「ふふ、なによもう。調子狂わせないでよ」

彩華は乾いた笑い声を上げた後、腰を上げた。

彼女の後ろ姿は、心なしか先程よりも小さく見える。

俺たちは互いが取り繕わないからこそ、良い関係が築けていた。

それなのに今の俺は、彩華の顔色を窺《うかが》うばかり。この関係は、きっと少しずつ変移している。

——かつての俺たちが恐れていた方向に。

「ほら」

戻ってきた彩華の手には、アイスコーヒーのパックがあった。

「うちはカフェオレの用意ないから、代わりにね」

「……サンキュ」

透明のコップに濃褐色の液体が注がれ、みるみるうちに満杯に近付く。

だが注がれる勢いは止まらなかったので、俺は大きめの声で「ストップ！」と言った。

彩華は手をピクリと震わせて、寸前のところで注ぐのを止めた。

「ごめん、ぼーっとしてた」

「だろうな。コーヒーが絨毯《じゆうたん》に溢《こぼ》れるなんて、割とシャレにならないから焦ったわ」

「助かったわね。あんたの財布が吹っ飛ぶところだった」

「あれ、これ俺の責任になってたの？　危なすぎるんですけど？」

グレーの絨毯は質感も触り心地も良いので、値段も張るに違いない。

弁償となると俺にとっては死活問題の話だが、彩華なりにこの場を和ませようとしてくれたのだろう。

彩華本人は余裕がなくなっていると言ったが、それでも場の空気に気を遣ってくれているのは頭が下がる思いだ。

「──中学時代の話だけどね」

いつもより平たい声色に、俺は無言で頷《うなず》いた。

「私からは、主観でしか話せない」

コーヒーに伸ばした手が、ピタリと止まる。

中学時代の話を、彩華の主観以外でどう伝えるというのか。それとも、主観で話すと語弊を招く可能性がある出来事でもあったのだろうか。

「まずは、志乃原さんから聞いてほしい。色眼鏡なしで、一回全部飲み込んでほしい」

「待ってくれ、俺はお前から――」

「それは、あの子にとってフェアじゃない。ほんとは自分から全部言おうと思ってたけど……今の私はきっと、また自分を優先しちゃうから」

体育館で志乃原は、彩華について「話しっこない」と発言していた。

俺は彩華なら、問えば答えを返してくれるはずだと思っていた。つまり、この件に関しては志乃原の方が彩華を理解していると捉えられる。

志乃原に訊くのが、今取れる最善の手段なのかもしれない。

しかし、俺には疑問があった。

彩華の過去を他人から訊いて、一体何の得があるのかと。俺は彩華本人からの言葉に意味を見出《みいだ》していた。

過去に何があろうが俺たちの仲に関係ないと、既に結論が出ているのだ。

その状況下で彼女の過去を聞いたとしても、辛《つら》い思いをさせるだけではないだろうか。

無論過去に対する興味自体は存在するものの、それは今の彩華を形成している根幹を覗きたいという知識欲に過ぎない。そんな理由で他人を使って過去を探るなんて、マスコミの下劣な部類と然程《さほど》変わらないのではないか。

低俗な欲求のまま彩華が隠したがった過去へ無遠慮に踏み込もうとするのは、きっと間違っている。

「やっぱり彩華の口からじゃなきゃ、俺は聞かないことにするよ」

無意味な決心かもしれないが、そうでなければ彩華との日常を続けられない気がしていた。

そんなリスクを負ってまで知りたい訳ではない。

だが彩華は、俺と全く違うことを考えていたらしい。

「私からも話すわよ。ただ、最初に話すのは志乃原さんじゃないとダメ。それだけよ」

彩華の決意の堅さが、凛《りん》とした声色から察せられた。

今の彩華は俺に言われたからというより、自分で決めたことを遂行する、いつもの彼女のように思えた。

俺が促したのとは関係なく、彩華自身もいずれ話すと決めていたのだ。

「彩華は、話したいのか」

「なにそれ。あんたが訊いてきたんでしょ」

「そうだけど、優先順位は今が上だ。お前も言ってただろ、〝今〟が重要なんだって」

彩華が話すことにより、今が崩れてしまっては本末転倒だ。無論、俺はこれからも彩華と一緒に居続ける。

その心持ちに変わりはないが、俺たちの関係が絶妙なバランスによって保たれているのだとしたら、彩華の過去を聞くことはそれを崩すことに繋《つな》がりかねない。

だが、彩華は口元を緩めた。

見た瞬間、これは彩華の素の表情だと分かった。それくらい、彩華の顔は親愛に満ちていたのだ。

「——言ったわよ。私が話すのは、その大切な〝今〟をこれからも継続させるためなんだから」

そして、彩華の表情に翳《かげ》りが見える。

コロコロと変わる表情に、俺は一つ思い至った。きっと今日の彩華は、俺に違和感を抱かせないように常に表情を作っていた。

それを勘付かせなかったのは、俺の記憶の中にあるであろう自身の表情を模倣していたから。

そして表情を作る余裕がなくなったのは、俺にありのままの本音を伝えようとしているからだ。

「あんたはきっと、ここで私が話さなくてもなんだかんだと理由をつけて、私に変わらない態度で接してくれる。でも、もう私が駄目なのよ」

彩華は恐れているのだろう。

明美との邂逅《かいこう》から、俺が彩華の過去に何かあったのだと確信したことを。

以前はまだ、察した程度に留《とど》まっていた。

しかし確信してしまっては、もう今までの仲を継続させるのは難しい。この記憶を無理やり忘却の彼方《かなた》へと送っても、そこで流れる時間はきっと偽物になる。

本物にするために、彩華は進もうとしているのだ。

「私も前に進んで、またあんたと再スタートしたいから。きっと私たちの再スタートは、もっと良い景色のはずだから」

再スタート。その単語が漏れたことで、俺は質問の機会を得た。

「この前、礼奈と会ったんだよな」

彩華はピクリと身体《からだ》を震わせると、ゆっくりと頷いた。

「うん。……私、あれでちょっと折れちゃったところもある」

クッションをぎゅっと抱いて、彩華は続けた。

「礼奈さん、良い人ね。一年前の今頃、あんたが幸せそうにしてたの思い出しちゃった」

一年前といえば、付き合ってから半年が経過した頃だ。

恋人としての時間を満喫していたあの頃は、当時の俺にとって人生の絶頂期だった。

「ごめんね、邪魔して」

ポツリと呟かれた謝罪に、俺は唇を噛《か》み締《し》めた。

自分のせいで、大切な人に余計な重荷を背負わせている。

「何言ってんだ、やめろよ。あれは俺がバカだったせいだ。サークルで揉《も》めた時も、彩華に頼りきりになった。いつも彩華に頼って――」

「私に頼って、後悔してる？」

彩華の声色は、何処《どこ》か物憂げだった。

彼女の口からそんな声を出させた自分自身に、言いようのない怒りが湧いてしまう。

「彩華に頼ったこと自体には後悔してない。自分の力不足が、情けないだけだ」

「……そう言うと思ってた」

彩華は体育座りで、膝の上に頬《ほお》を置いた。

「……私が、みんなが思ってるより完璧じゃないのは、あんたにさっき言った通り。付け加えるとね、私はあんたが思うほど良い人でもないのよ」

「それは中学時代の話か？」

「そうかもね。いや、今もかもしれないけれど」

「……色眼鏡なしにするんじゃなかったのかよ」

少しの沈黙の後、彩華は切なげに笑った。

「そうね。我慢できなかったのね、私」

過去を、他人に話してもらう。

きっと彩華も迷いの末、出した結論なのだろう。ならば俺は、彩華の選択を尊重しよう。

それが彩華と親友である俺が取れる、最善な選択肢。そう信じている。

「今を継続させるとは言ったけど、ほんとはもう一つ理由があるの」

「なんだ？」

「まだ言えない。……雷、止《や》んだわね」

追及しようとしたが、やめた。今訊かなくても、いずれ知る時が来るだろう。

「怖がってなかったけどな」

無難な返事をすると、彩華が静かに口を開いた。

「今の方が怖いもの」

雷は止んでも、今度は窓がガタガタと揺れ出している。いや、本当はずっと揺れていたのかもしれない。

それが判《わか》らないほど、俺は彩華との会話に神経を注いでいた。

「……行ってくる」

「うん。コーヒー、飲んでいってね」

その言葉に、俺はコップを手に取った。

喉に流し込んだコーヒーには、いつもより風味を感じなかった。

第6話　等価交換

「嫌ですよ」

「ん？　もう一回言って」

聞き間違いかと思った俺は、思わず訊《き》き直した。

「だから！　やです！　いや！」

先程まで和やかな笑みを浮かべていた志乃原《しのはら》は、腕を組んでそっぽを向いた。

嘘《うそ》の『start』の活動時間を伝えて、無人の体育館の前に集合するところまでは後輩も上機嫌だった。「先輩もついに、私と会うために嘘の口実を使うようになったんですね！」という発言といつも以上のハイテンション。だが中学時代の話を持ち出した途端この変わり様である。

「頼むよ、お前と彩華《あやか》に何があったか知っておきたいんだ」

「なんで私なんですか、彩華先輩に訊けばいいじゃないですか。話しっこないと思いますけど！」

「いや、あいつは話すよ。でもその前にお前から訊いておきたいんだ。その方がフェアだと、俺もそう思うから」

「フェア？」

志乃原は眉を顰《ひそ》めて、首を傾げた。

「私が何を言っても、彩華先輩は後から思うように修正できるじゃないですか。これのどこがフェアなんですか？」

「あいつはそんなやつじゃない」

それを志乃原に伝えてもどうにもならなそうだと察しながらも、つい口にしてしまう。

「先輩の前ではそうかもしれないですね」

志乃原は小さく息を吐いた。

ハーフアップにした髪はいつも以上に容姿の良さを際立たせていたが、ピリついた雰囲気は高揚しそうな気分を無に還《かえ》している。

「私の知ってる彩華先輩も、そんな人じゃないです」

「じゃあ――」

「でも私は、彩華先輩のことを解《わか》っていないので。先輩が知らないであろう一面を知ってるだけです」

言葉を返そうとしたが、志乃原はグイッと俺に近付き「先輩！」と続けた。

「私、先輩と違ってお人好《ひとよ》しじゃないので」

「俺の家にきてご飯作ったりしてくれるのはお人好しじゃないのか？」

この問いかけには、志乃原は予《あらかじ》め答えを準備しているようだった。

「それはリターンがあるからです。先輩が一緒にいるというリターンがっ」

「わー」

「なんですかその反応！」

むくれる志乃原を尻目に、俺は参ったなと項垂《うなだ》れた。

この調子だと、志乃原から話を聞くのは難しそうだ。かといってこの足で彩華に会いに行っても、彼女の決意を無駄にしてしまう。

志乃原が「後から修正できる」と懸念する気持ちも分からなくはないが、都合の良い話にしたいのなら彩華一人が適当に話すだけで事足りる。

彩華の器量を鑑みると、俺一人を丸め込むくらい造作もない話だ。それをせずに仲睦《なかむつ》まじいとは言い難い志乃原を経由するというリスクを取る時点で、俺の中では彩華を百パーセント信用していた。

だが俺が彩華を信用しているという情報が志乃原にとって何のプラスにもならないことは、様々な出来事から容易に想像できる。

だから、俺が取れる選択肢は限られている。

その選択肢を思案しようとして、すぐに放棄した。

まどろっこしい考えはいらない。

志乃原にも、俺の素直な気持ちをぶつけてみよう。

取り繕ったり、顔色を窺《うかが》ったり。

過ごした時間こそ半年程度ではあるが、仲の深さは一般的なそれではない。志乃原との仲なら、真《ま》っ直《す》ぐぶつかった方が良い方向に転びそうだ。

「なあ、真由《まゆ》」

「は……はい。なんでしょう」

志乃原は少し緊張した面持ちで、俺を見上げた。

「俺が彩華について訊くのは、あいつのことを知りたいって理由も勿論《もちろん》ある」

「知ってます」

「同じように、俺は真由のことも知りたいんだよ」

志乃原は唇をキュッと結ぶ。

俺の気持ちをどう受け取ったのか定かではないが、その後聞こえた声色は先程よりも柔らかかった。

「先輩、私のこと大事ですよね？」

「大事に決まってんだろ」

即答した自分に、少々驚いた。

今この瞬間だけは、話が聞きたいという目的なんて頭に浮かばず、ただ口をついて出てきた。

意識して紡いだのではなく、反射的に出た言葉。

心の中で思うのとは異なり、言葉にするのは恥ずかしいはずだ。それにもかかわらず反射的に素直な気持ちを伝えられたのは、「言いたいことはちゃんと言う」と決心した礼奈《れいな》の影響を受けているのかもしれない。

それとも、単純に俺の抱える志乃原への感情が、自覚のないまま膨れているのか。

いずれにしても、俺は自分の心の変化を把握しきれていないらしい。

「大切ってことですよね？」

「そりゃ、そうだろ。同じ意味だし」

「ですよね。じゃあ、私が話したくない理由は分かりますか？」

志乃原の問いに、俺は顎に手を当てた。

話したくない理由。

志乃原にメリットがないから。きっとそれだけではない。

メリットがないだけなら、志乃原は俺に何でも話してくれる。そういう関係性になっている自負はある。

であれば、デメリットがあるというのが道理にかなう。

確か以前の練習の間際、志乃原はそれを口にしていた。

明美《あけみ》先輩が怖い。あれは比喩でも何でもなく、志乃原の本心だったのは明白だ。

「思い出したくないのか？」

志乃原は数秒置いた後、コクリと頷《うなず》いた。

「軽いトラウマなんですよ」

あの時明美を見る志乃原の表情には、怯《おび》えの色が垣間見《かいまみ》えた。

志乃原のトラウマは、きっと明美と密接に関係している。

「私、向き合いたくないんです。だから部活だって、逃げ出してきたんです」

向き合いたくないから、逃げ出してきた。

そんな記憶を無理に話させても、志乃原が再び傷つくだけかもしれない。

俺が訊こうとしているのは、瘡蓋《かさぶた》を剝《は》がすのと同じ行為に違いない。

──彩華からの頼みとはいえ、これ以上頼むのは避けた方がいい。

そう思い始めた時、志乃原はニコリと笑った。

「全部話したら先輩は、一緒にそのトラウマと戦ってくれますか？」

「え？」

「先輩が私の味方でいてくれるなら、もう一度向き合ってみようと思います」

志乃原は静かに告げると、空を見上げた。

今は一時的に雨が止《や》んでいる。

しかし今日まで雨を降らせている黒い雲は、まだ空から消えてくれそうもない。

「先輩が一緒なら、私も勇気が出そうですし」

「……お前が俺を頼るなら、何も話してくれなくたって力になる。だから話すことに条件なんて提示しなくていい。話すか話さないかは、お前自身の気持ちに従ってくれ」

俺がそう言うと、志乃原はかぶりを振った。

「……私は等価交換がいいです。そっちの方が後ろめたくないので」

「後ろめたい？」

今更何を後ろめたく思うのか分からなかった。

志乃原との関係は、既に俺の中で無くてはならないものへと発展している。思い上がりでなければ、志乃原もそう感じてくれている。

両者が同じ想《おも》いなら、何も後ろめたいことなどないような気がした。

「私と先輩の関係って、今は普通の先輩後輩じゃないですか。この関係でいるうちは、私も先輩に何かお返ししたいんです」

〝普通の〟というのは〝恋人ではない〟と解釈してもいいのだろうか。

志乃原がそういった一線を引くことに、何だか意外な気持ちになった。

声色は明瞭だったので、無理して言っている訳ではなさそうだ。

「私がたまに朝から家に突撃したり、先に家に上がらせてもらったり。あれも私が先輩のお世話をしているので、等価交換なんですよ。家事をするから、私も遠慮なく先輩に迷惑かけれるんです」

一息に言った志乃原は、俺の胸に額を当てた。

コツンと当たっている部分が熱を帯びる。

「だから、今回も等価交換させてください。私は、全部話す。先輩は、私に勇気をくれる」

……それで志乃原の中でバランスがとれるなら、応えるのが最善だろう。

俺は「分かった」と了承し、再度口を開く。

「具体的に、何したらいいんだ」

「……たまに頭撫《な》でてくれるくらいで大丈夫です」

「そんなんでいいのか？」

「け、結構ハードル高いと思うんですけど……？」

確かに、相手が志乃原でなければハードルは高い。だがたまに訪れる刺激的な出来事と比較したら、いくらかマシな気がした。

俺は一息ついて、視線を下げた。

志乃原の頭頂部が、丁度顎の下にある。

身長差、結構あるんだな。

そんなふざけた感想が出てきて、俺は思考を誤魔化《ごまか》すために咳払《せきばら》いをした。

こんなふうに志乃原の身体《からだ》と密着したのは、片手で数えられる程度だ。しかし数回でも密着したことがある時点で、志乃原のいう〝普通の先輩後輩〟の枠からは乖離《かいり》している気がする。

その関係性を口にされた時にあえて否定しなかったのは、志乃原なりの一線が世間のそれと異なることを知っているからだ。

そして、きっと俺も世間と異なっている。

世間の認識とズレたのは、一体いつからだろう。少なくとも高校生の頃までは一緒だったと思う。

そう考えながら頭を少し撫でると、志乃原はくぐもった声で「昔昔……」と話し出した。

「桃太郎かよ」

「志乃原真由の昔話です」

「はいはい」

いつも通りのやり取りが、此処《ここ》にある。

志乃原の話を、真摯に聞き届ける。話し終えた後も、このいつも通りを継続させる。

今の俺にできるのは、まずはその二つだけ。

体育館の入り口に吹き込む風は、いつもより更に生暖かい。
低空飛行する燕《つばめ》が視界に入り、雨の再来を予感させた。

第7話　昔話　～真由side～

彩華《あやか》先輩は憧れだった。

それは中学校のバスケ部時代。

私が所属していたバスケ部の部員数は、約五十人。女子バスケ部は最も学校内で部員数が多く、強豪だった。

全国大会にこそ出場したことはなかったけど、県大会ではいつも上位。

その時に大活躍していたのが、美濃《みの》彩華先輩だ。

彩華先輩は二年生の時、唯一三年生に交じってスタメンに選出されていた。

地区大会優勝で精一杯だったバスケ部を県大会上位の常連校にしたのは、間違いなく彩華先輩の力。

中学生の私にとって、彩華先輩の存在は衝撃的だった。

でも、私が憧れたのはバスケの巧《うま》さだけじゃない。

誰の意見にも左右されることのない、確固たる意志の強さに憧れた。

私も彩華先輩みたいな人になりたいって、強く願ったんだ。

◇◆

「彩華先輩って、恋バナ嫌いですよね」

練習の休憩時間、体育館のステージの下で、私は彩華先輩にそう言った。

今まで幾度となく誰かに告白されたという話を聞いていたけど、彩華先輩がその話で盛り上がっているところを見たことがない。

私の言葉に、彩華先輩は小首を傾げた。

「別に嫌いじゃないわよ？　あんまり興味ないだけ」

「彩華先輩らしいです」

嬉《うれ》しくなって、私ははにかむ。

恋愛をした経験がないという私のコンプレックスも、彩華先輩と話していると肯定される気分になる。

たとえ少数派の道程だって、その先に彩華先輩がいるなら安心できた。

「志乃原《しのはら》さんは、なんか恋愛に対して後ろ向きだよね」

「はい。時間の無駄だなーって思っちゃうんですよ」

「そういう考え方もありかもね。私も、今は部活に集中したいし」

「そうですよね！」

私の考えが偏ったものだと、最近は自覚している。

でも周りに恋愛をしたことがない人は殆《ほとん》どいなくなっていて、そのことへの焦燥感が私の虚勢を加速させていた。

でも彩華先輩は、いつもそんな私を受け入れてくれる。

彩華先輩と話をする時間が、私はとても好きだった。

でも、いつもその時間は長く続かない。数分話したところで、誰かが彩華先輩に話しかけるから。

「ねえ彩華、練習キツすぎないー？」

そう言ってステージの上で寝転んだのは、明美《あけみ》先輩。

髪色が明るく、顧問の先生に注意されているのをよく見かける。その注意に頑として従わない性格は、男勝りだ。

それでも顔は整っている方だから、その性格が逆に男子からの人気に拍車をかけている。

今のバスケ部は彩華先輩が主将で、明美先輩が副主将。

文字通りこの二人がバスケ部を牽引《けんいん》していた。

——私は、明美先輩が少し苦手だ。

常に恋人がいるらしく、彼氏が出来るたび周りに吹聴《ふいちょう》する。すぐに別れたら時間と労力の無駄じゃないかと思うけど、さすがに先輩へ言えることではない。

そんな事を明美先輩に言えば、私だってどうなるか分からない。

私も同級生の友達は多い方だけど、明美先輩の前では萎縮してしまう。先生から注意を受けた時の対応からプライドが高いことも容易に推察することができて、下級生の立場からみれば近寄り難《にく》い雰囲気があった。

そんな明美先輩がヘトヘトだという仕草をすると、彩華先輩は小さく笑う。

「三年の明美がそれくらいになるのが丁度いいのよ。次の大会が最後なんだし、絶対県大会で優勝するんだからね。全国出場、ずっと目標にしてきたんだから」

「もー、そればっかり。彩華らしいけどさあ。……ね、賭け１on１しよーよ。勝ったら練習楽にしてっ」

「また今度ね、副主将」

「はー、まじか」

明美先輩は苦笑いをして、わざとらしく溜息を吐いた。

今のバスケ部では、彩華先輩だけが明美先輩と対等に話すことができる。

彩華先輩以外は、たとえ同い年だって明美先輩には何も言えない。彩華先輩でさえあからさまな注意を避けている節があるというのに、他の人にできるわけがないというのが私の見解だった。

このバスケ部は実力主義。バスケの実力が発言力に比例している。そして部内では彩華先輩が一番上手《うま》い。次点が明美先輩で、この二人は他のスタメンと比較しても突出した実力を持っていた。

でも明美先輩に意見を出しづらいのは、他にも要因があると思っている。

——皆《みん》な明美先輩に対して、恐れを抱いているからだ。

明美先輩は学校の中でも特に目立つグループにいて、顔が広い。

通常の学校生活においても発言力のありそうな明美先輩に嫌われたら、自分の立場が危うくなりかねない。

そうした周囲の恐れが明美先輩の発言力を増幅させて、本当に恐れていた通りの存在へと昇華させてしまっている。

「志乃原―。彩華と何話してたの？」

明美先輩が、不意に私に視線を投げてきた。

思わず背筋を伸ばして、作り笑顔を作る。

「え、えっと――」

本当のことは言えない。

私の恋愛アンチみたいな意見を聞かれたら、正反対の生活をしている明美先輩は決して良く思わないだろう。

彩華先輩に彼氏をつくるように提案している姿を、よく目撃している。

「ありゃ、私に言えないことなの？」

明美先輩は笑って訊いてきた。

私は思わず身体を硬くした。明美先輩の瞳の奥は笑っていない。

「あの、少し恋バナを」

「え、彩華と⁉　珍しい！」

明美先輩は勢いよく上体を起こして、矢継ぎ早に質問してくる。

「好きな人できたとか？　告白されたとか？」

私がしどろもどろになっていると、彩華先輩が先に答えてくれた。

「世間話をしてただけで、私は何もないわよ。悪いけど」

「えー、つまんない」

明美先輩の反応に、彩華先輩は一つ息を吐く。

「何かあるのは明美の方でしょ？　彼氏と別れそうって言ってた件どうなったのよ」

私は思わず後退《あとずさ》りした。

明美先輩のデリケートな話を聞いても、私は何も共感できない。

けれどこの場にいたら、間違いなく話を振られてしまう。

だから退散しようとしたけど、一歩遅かったみたいだ。

明美先輩は私を見ると、言葉をかけてきた。

「志乃原も相談に乗ってよ。私今彼氏と別れそうなんだよね。歴代で一番好きだから、何とか手放したくないんだけど……どうしたらいいと思う？」

「えっと、どうしたら、ですか……」

そんなの、恋愛をしたことがない私に分かるわけがない。

彩華先輩に助けを求めようと視線を向けたけど、「私はこの話、耳にタコなの」と肩を竦《すく》めるだけだった。

でも、それほど口にしている話題なら少しは気が楽だ。

これが明美先輩にとって初めての恋愛相談なら、荷が重すぎる。だけど毎度のように口にする話題なら、私も何か答えてもいいかもしれない。

幸い、同級生からの恋愛相談で答え方はわきまえている。

……いつも通り状況を俯瞰《ふかん》して思ったことを言えばいい。

今は相手が明美先輩だから、マイナスになるような発言は省いて褒め言葉を付け足すのが無難だろう。

私は意を決して、息を吸った。

「明美先輩は、まず凄《すご》く綺麗《きれい》じゃないですか。正直、彼氏さんの気持ちが私には全然分からないですけど」

明美先輩の口元が満足げに緩んだ。

私はその様子に安堵《あんど》しつつ、続ける。

「もしかしたら、明美先輩に引け目を感じてるのかも。明美先輩が彼に尽くしてあげたら、上手くいくんじゃないですかね」

……当たり障りなく、持ち上げられたはずだ。

普段ならこんなに気を遣うことなんてない。

ここまできたら、この話題をきっかけに気に入られたいという下心も僅かながら存在していた。

明美先輩は私の発言を反芻《はんすう》させるような仕草を見せたあと、二、三回頷《うなず》いた。

「へえ……確かにそうかも。私、そういう発想なかったな。これから志乃原に相談するのもありかもね──」

思わず身構えてしまう。

正直これ以上踏み込んだ質問をされても、良い返しを思い付く自信は皆無だったから。

すると、彩華先輩が私たちの会話に口を挟んできた。

「明美にそんな発想浮かぶわけないでしょ」

「ちょっと、どういう意味！」

「そのままよ。ほら、練習再開するわよ」

彩華先輩は肩を回して、バッシュを床に擦る。

キュキュッという音で、明美先輩の意識も部活へと傾いたようだった。

……彩華先輩に助け舟を出されなければ、どうなっていたんだろう。

定期的に恋愛相談されるようになっていたのだろうか。想像して、背筋が震える。

明美先輩相手に回答を間違えば、きっと嫌なことが起こる。部活でそんなリスクは背負いたくなかった。

私だって、自分を俯瞰して見れば人気がある部類に入ると思う。

でも彩華先輩や明美先輩に比べると、私なんて本当に大したことない。

明美先輩に対して失言を一つするだけで、私の立場なんてすぐに無くなってしまうのだから。

今しがたのやり取りで、それを改めて実感してしまった。

「ほら立って。明美は皆んなの手本なんだから」

彩華先輩がステージをパシパシと叩《たた》くと、明美先輩は戯《おど》けながら腰を上げる。

それを見た彩華先輩が面白そうに笑う。

上級生たちの醸し出す、独特なカリスマ性。

私は明美先輩のつくるこの空気が、とても苦手だ。

◇
◆

三年生最後の地区大会まで残り二週間を切ったある日、私はたまたま帰り道に一人で歩く彩華先輩に遭遇した。

約十分ほど二人で話すことができそうだから今しか言えないことを話してみようと、ずっと疑問に思っていたことを口にする。

「彩華先輩って、明美先輩と仲良いですよね」

「主将と副主将だからね。……志乃原さんは苦手でしょ、明美のこと」

「えっ」

私は慌てて、彩華先輩を見る。苦手なんて話が彩華先輩の口から漏れたら、大変なことになる。

すると彩華先輩は、小さく肩を竦めた。

「あのね、私主将よ？　下級生のデリケートな話を広めてもデメリットしかないわよ」

「あ。た、確かに……」

下手な弁明より余程信用できる。まあ落ち着いて考えてみれば、そんな弁明なんてなくても彩華先輩なら信用できた。

「明美って、やっぱり志乃原さんたち二年生から見たら怖いよね」

「そうですね……なんかちょっと、威圧されてるような……その、これは悪口じゃなくて」

「ふふ、大丈夫だって。そうね、今度私からもそれとなく言ってみるわ。私たちはもう少しで引退だけど、最後の大会くらい皆んなで盛り上がりたいし。応援団長の志乃原さんに、思い切り声張ってもらいたしね」

「そこは任せてください！」

私はトンと自分の胸を叩いた。

応援は、いつだって全力でしている。それが私たち後輩の義務だし、大会で唯一できることだから。

二年生、一年生の応援を纏《まと》める役は、私がいつも任されていた。

でも最近は練習試合なら1Q丸々出してもらえるようになってきたし、シュートの成功率も高くなってきている。1on1の技術だけはまだ足りない自覚があったけど、それ以外は三年生たちに負けない自信があった。もしかしたら、公式戦で彩華先輩と同じコートに立つこともできるかもしれない。

とはいえ、三年生はベンチに入りきらないほどいる。この大会が最後ということを考慮して、控えメンバーへの選出程度が私の目標だった。

「彩華先輩の力になれるように頑張りますよっ」

「あはは、そこはバスケ部のためでいいわよ」

彩華先輩は和やかに笑って、立ち止まった。

視線の先には、明美先輩と男子生徒がいる。

後ろ姿なので表情は分からないし、相手も誰だか判別できないけれど、二人は手を繋《つな》いでいて恋人同士であることは明白だった。

「……どうせ別れるのになぁ」

ポロッと、本音が漏れた。

慌てて飲み込もうとしても、もう遅い。

いくらなんでも、友達の彩華先輩に言うべきことじゃなかった。恋愛に対してコンプレックスがあるなんて、言い訳にならない。

結局私は明美先輩から恋愛相談をされるようになってしまって、余計な神経を使わなきゃいけないことに少なからず不満があったのだろう。

でも彩華先輩は「だから言わないって」と短く返事をして、言葉を続けた。

「確率でいえば、二人が別れる可能性は高いね。でも本人たちは、信じてるの。それを私たち外野がとやかく言うのは、間違ってると思うよ」

「……すみません」

「ううん。志乃原さん、恋愛嫌いだもんね。気持ちも分かるよ。明美の相談に乗ってたの見て、すごいなって思ってた」

　──気持ちも分かるよ。

　恋を知らない私にそう言ってくれる人なんて、絶対に彩華先輩だけだ。

　他の人に同じことを言われたって、信じることなんてできない。

　彩華先輩は私よりも高頻度で男子に告白されている。それなのに彼氏をつくったことがないという背景が、信じさせてくれた。

「彩華先輩って、男子からの告白ってどう断ってるんですか？」

「んー、恋愛に興味がないの一点張りかな。ほんとのことだし」

「……私も、そうしようかな」

　いつもは〝私には勿体《もったい》ないよ〟なんて理由で断っていた。

　なるべく、相手の自尊心を傷付けないためだ。

　でも彩華先輩の芯の通った断り文句の方が、私には誠実に思えた。バッサリフラれた方が相手も納得できるって、そう感じた。

「彩華先輩、優しいですよね」

私が呟くと、彩華先輩はかぶりを振る。

「自分を一番に優先してるだけ。正直、私の断り文句で相手がどう思おうが関係ないって思ってる」

ぽつりぽつりと、暗い雲から雨が降り始めた。

私は急いで折り畳み傘を広げて、彩華先輩に差し出す。

彩華先輩はそれを断って、言葉を続けた。

「志乃原さんも、自分を最優先した方がいいよ。……まぁでも、それが私と同じ対応に繋がるとは限らないから気を付けてね」

「告白されても、自分を優先するんですか？」

私の質問に、彩華先輩は僅かな逡巡《しゅんじゅん》もなく頷いた。

「……私は、突然告白されて振り回されるだけなんてごめんなの。突発的に振り回されるなんて、軽い災害と同じじゃない」

幾度となく告白された彩華先輩だからこそ、その答えに至ったのだろう。

恋愛に興味がなければ、尚更《なおさら》だ。

彩華先輩は恋愛に興味がないからと告白を断る。でも根本的に、恋愛に向いていないんじゃないかとも感じた。全くもって、私が言えることではないけれど。

「彩華先輩が好きになれる人って、この先いるんですかね」

「どうだろ。そんな人、何処《どこ》探してもいないかもね」

彩華先輩はつまらなそうな顔で、そう答える。

その返事にまた安堵感を得て、私は口元に弧を描いた。

「皆《み》んな、私を見てないから」

横から聞こえてきた声色は、いつもより少し暗い気がした。

雨足が、強くなる。

◇◆

「好きだ」

目の前には上級生の男子生徒。

何度か校内で見かけたことがあって、この人のことはおぼろげに覚えている。名前は確か、宮城《みやぎ》先輩。イケメンだと、私の友達が騒いでいた人だ。

無造作に塗りたくられたワックスがサマになっていることから、その認識は間違っていないのだろう。

久しぶりに告白された。でも、初めてのことが二つある。

一つは、相手が上級生だということ。

もう一つは、宮城先輩とは初対面だということだ。

「えっと……すみません、私全然先輩のこと知らないので」

私が答えると、宮城先輩は驚いたように目を見張る。

「そ、そっか。結構目が合ってたから、お互い認識してるものかと……俺、宮城っていうんだけど」

「名前は知ってます。でも、目が合ってたのは……知らなかったです」

その言葉に、宮城先輩は酷《ひど》くショックを受けたような表情を浮かべた。

自分が認識されていないなんて夢にも思わなかったのかもしれない。

確かに宮城先輩は俗に言うイケメンではあるけど、私は彩華先輩と同様に恋愛自体に興味がない。興味があったとしても、宮城先輩のことを好きになれる自信は皆無だった。

だけどそんな事を馬鹿正直に伝えても傷付けるだけだ。

私はいつものように断り文句を口にする。

「すみません。宮城先輩みたいな人、私には勿体ないです」

すると、宮城先輩は顔を顰《しか》めた。

「いや、その俺が君と付き合いたいって言ってるんだって」

「ですから、勿体ないって——」

「そんなの、お互いが好き合ったら関係なくない？」

宮城先輩の言葉に、私は思わず口籠る。
告白を断る時に相手からこれほど言葉を並べられたのは初めてだった。
何か良い返事はないかと思考を巡らせていると、宮城先輩は溜息《ためいき》を吐《つ》く。
「思ってないだろ、お前。こういう時は本音で話すのが礼儀だと思うけど」
宮城先輩の声色には若干の棘《とげ》が混じっていた。
……彩華先輩だったらこうはならない。
彩華先輩だったら、最初から本音をぶつけて、そこで場を収めるはずだ。
憧れているだけじゃ、始まらない。
私は初めて、腹を割ることにした。
どちらにしても既に怒らせてしまっているのだ。失うものは何もない。
「私、宮城先輩のことを好きになれる自信が無いんです」
間違いなく、これが私の本音。
でも、人を傷付けかねない本音なんて隠すのがマナーだ。
……この先輩を怒らせたら、どうなるんだろう。
今更ながら後悔したが、もう遅い。
私は恐る恐る宮城先輩の顔色を窺《うかが》った。
——意外にも、彼の表情は明るかった。

宮城先輩は納得したように頷《うなず》いて、頭を掻《か》いている。

「そっか。まだまだだな、俺も」

「す――すみません、生意気言って」

「はは、いいって。ありがとな、本音ぶつけてくれて」

宮城先輩はそう笑ってから、私に背中を向けた。

予想外だった。

告白を断ったのにお礼を言われたことなんて、これが初めてだったから。

「こ、こちらこそありがとうございました！」

私の声に、宮城先輩は軽く手を挙げて応える。

遠くなっていく背中を眺めながら、私は思った。

恋愛に対して、まだ興味は湧かないけれど。

本音を異性に受け入れてもらう感覚は……悪くないなって。

◇◆

体育館に入った瞬間に違和感を覚えた。

宮城先輩から告白された次の日の放課後。

いつもと変わらない雰囲気の中に、確かな異物が混ざっている感覚。

バッシュの擦れる音も、ボールが床に跳ねる音も、心なしかいつもと違って聞こえる。

「こんにちはーっ」

私が大きな声で挨拶すると、部員からの返事はいつもと同じように返ってきた。

気のせいか、と軽く息を吐く。

——刹那、オレンジ色の球体が右肩にぶつかった。

死角から飛んできたバスケットボールは床に転がり、私は鈍い痛みに思わず顔を顰める。

ボールが飛んできた方向へ視線を飛ばすと、明るい茶髪の部員がこちらに駆け寄ってきた。

「ごめん！　大丈夫？」

ボールの持ち主は明美先輩だった。

私は「大丈夫です！」と元気良く返事をして、ボールを返す。

明美先輩は両手を合わせて謝ってくれて、上級生たちの自主練へと戻っていった。

——三年生最後の大会まであと少し。

彩華先輩も明美先輩も、私たちより早く体育館に来て練習をしている。

これから私たちの代になる期待感より、彩華先輩たちがいなくなる事への喪失感の方が大きかった。

三年生の主力が抜ければ、この部の戦力はガクッと落ちる。

でもそれよりも嫌なのは尊敬できる人を間近で見ることができなくなることだ。

彩華先輩は勿論《もちろん》のこと、明美先輩だって私に無いものを持っている。苦手意識はあったけど、いなくなるのは悲しい。

「集合！」

彩華先輩の声が、体育館に木霊する。

私たち下級生は持っていたボールを隅に放り投げて、彩華先輩を半円で囲った。

彩華先輩の手にはA4サイズのプリントが一枚。

そこにベンチメンバーが記載されていることはすぐに分かった。

このバスケ部では、大会前に主将がベンチメンバーを発表していくのが伝統だった。

バスケットボールは、五人対五人のスポーツ。

スターティングメンバーの五人を合わせて、十五人までがベンチに入ることができる。

この女バスには五十人弱が在籍していて、大半がベンチから外れる。三年生も数人外れることは確定していた。

だから皆んな、固唾《かたず》を呑《の》んで彩華先輩からの発表を見守っている。

「背番号4、美濃彩華。背番号5、戸張坂《とばりざか》明美。背番号6、西野友梨奈《にしのゆりな》、背番号7、縞田《しまだ》萌《もえ》——」

彩華先輩の口から、三年生の名前が読み上げられていく。背番号4から8番までは、スタメンの選手だ。私がそこに入る可能性はまず皆無といっていい。

でも、ベンチメンバーに入る可能性は十分あった。ベンチメンバーには二年生の枠が二つ決められていて、試合にも出ることができる。次の世代を育てていくための方針だ。

私はこのベンチメンバーに選出される自信があった。といっても、ギリギリ引っ掛かる程度の自信だけど。控えへの選出は、ここ最近の目標でもある。

そう考えていた時だった。

「――背番号9、志乃原真由《まゆ》」

半円がざわついた。

私も、何が起こったのかが分からない。

9番は、シックスマンの背番号。試合の流れを変えるために頻繁に投入される選手に与えられる番号だ。つまり、私が控えの中で最も出場機会が多い選手になったということ。

ざわついた部員を、明美先輩が「静かに！」と一喝する。

それだけでざわめきは無くなった。

彩華先輩は頷いて、言葉を続けた。

「明美が、斎藤《さいとう》先生に強く進言したの。私もそれに賛成した。志乃原さんには、その実力があると思う」

私は、思わず明美先輩を見た。

私が勝手に苦手意識を覚えていたことが恥ずかしい。

明美先輩は私を応援してくれたんだ。もしかしたらこの前の恋バナで気に入られたのかもしれないけど、どちらにしても嬉《うれ》しい。

今まで私たち下級生はベンチメンバーに選出されても、与えられる背番号は16から18の間だった。

それが９番となると、疑いようのない大躍進だ。

次期主将を見据えた発表ということもあるのかもしれない。

これで大会でそこそこの活躍ができたら、私は間違いなく主将に抜擢《ばってき》されるだろう。

彩華先輩や明美先輩がいなくなっても、新しい刺激が貰《もら》える。

いつかは私も彩華先輩のような存在になれるかもしれない。

半円が解散して、大会を意識した実戦練習が開始される。

いつも以上に気合を入れて柔軟運動をしていると、右の肩に手が置かれた。

力強くて少しだけ身体《からだ》の重心が傾く。振り返ると、明美先輩だった。

「志乃原さん、頑張ってね」

「は……はい！　その、推薦してくださってありがとうございました！」

私の言葉に、明美先輩はニッコリして頷いた。

◇◆

「え？」

優子《ゆうこ》の発言に、私は思わず訊《き》き返してしまった。

明日に県大会二回戦を控えた帰り道。

試合に備えていた意識が揺らいでいくのが分かる。

優子は目を瞬かせて、同じ言葉を繰り返す。

「だから、明美先輩が別れちゃったって。体育館裏で泣いてたらしいよ。彩華先輩が慰めてるのを、佳代子《かよこ》が見たって」

「そう……なんだ」

結局、別れちゃったんだ。

いつもなら「中学生同士の付き合いなんだからそんなもんだよね」という感想しか浮かばない。でも今日だけは違った。

「それ、いつ頃の話？」

「うーん……ベンチメンバーが発表される前の話だったと思う」

——最悪だ。

つまり、私に相談した直後に別れたということだ。彩華先輩にも同様の相談を何度もしていたらしいから、必ずしも私のせいじゃない。

あくまでタイミングが被《かぶ》ったというだけだろうけど、余計な心配ができてしまった。

「でも……全然気にしてないように見えたな。いつもと変わらないっていうか」

下級生の私たちに指導したり、彩華先輩と談笑したり、黙々とシュート練習をしたり。何ら変わった様子はなかったはずだ。

ところが、優子は目を丸くした。

「え、あんなの空元気じゃん。失恋後って雰囲気でしかないよ、あれ」

まるで一目で分かることだと言うような表情に、私は続けようとしていた言葉を飲み込んだ。

「まあ……言われてみれば？」

最近友達との会話で疎外感を覚えることが増えた。今だってそうだ。私は恋愛によってもたらされる感情の動きを推し量ることができない。自分が恋愛をした経験がないのだから、当たり前の話だ。

……でも、大丈夫。

この疎外感の先にいるのは、彩華先輩のような存在。

明美先輩ですら従う人が、この道の先にいるのだから。

「でも明美先輩もこれでようやく引退だよ。ほんと怖かったからさー」

「あはは、確かに怖かったね。……でもいなくなるのは、それはそれで寂しいかなあ」

私が言うと、優子は深い息を吐く。

「真由は気に入られてたんだからそう思うよ。もー私なんてほんとしんどかったんだから」

「何かあったの？」

「いや、話に聞いただけ。ただの噂《うわさ》だけど、それ聞いたら近寄りにくくって」

……どんな噂なんだろう。

普段なら気にならない話題も、今日は無性に訊きたくなった。でも行動に移せば、胸のざわめきを認めてしまうのと同じ。

いつも通り——いつも通り。

発言に似合わず陰湿なんだから——という優子の言葉は、嫌に耳に残った。

◇◆

「彩華！」

明美先輩からの鋭いパスが、私の耳元を掠《かす》めて彩華先輩へと渡る。

彩華先輩は振り向き様に後ろに跳んで相手ディフェンスのブロックを躱《かわ》し、乱れた体勢からシュートを撃つ。

ボールの軌道は僅かに短かったものの、リングからガガッという音が鳴ってネットへ吸い込まれた。

62－58。

試合終了まで、残り五分弱。

まだ二回戦にもかかわらず、私たちは相手チームに予想以上の苦戦を強いられていた。

相手チームの下級生に明美先輩以上の実力を持ったハイスコアラーがいた。

バスケの試合で４点差というのは、追い上げられる側からみればあってないようなものだ。

私たちが山場だと踏んでいたのは次の試合で、二回戦の相手にはまず勝てると思っていたため、怒涛《どとう》の追い上げに飲み込まれそうになっている。

何度もタイムアウトで試合を止めて、気付けば使用回数の上限に達していた。

監督と選手、双方の油断が響いている。

だからこそ――だからこそだ。

私がこの局面で交代して試合に出ているのは、流れを変えて相手の追い上げモードを止めるため。私たちのチームをプレッシャーから一度解放するため。

落ち着いて攻撃を組み立てて、時間を使い確実に得点を決める。それだけで、相手を沈めることができるはずなのに。

「志乃原！」

弾丸のようなパスが飛んできて、何とか掌《てのひら》に収める。

私は思わず顔を顰《しか》めた。

少しでも指を立てようものなら、突き指は必至だ。仮にボールを取りこぼせば、速攻で失点してしまう。

明美先輩からボールを貰うタイミングは、いつも最悪だった。

今も眼前にはどこにもパスコースが無く、1on1で道を切り開くしかない。それが私に最も足りていないスキルだということは明美先輩も承知のはずだ。

それなのに、ディフェンスに囲まれている時にパス。中が空いておらず、シュートをしなければボール保持の時間制限に引っ掛かってしまうギリギリの時にパス。

二十四秒以上シュートをせずにボールを保持することはできないというルールなんて、バスケをしている人なら誰でも知っている。

それなのに何で明美先輩は、より確実に決まる彩華先輩にではなく毎度私にパスするのだろう。

残り二秒でパスコースもなければ、半ば無理やりにでもシュートを撃つしかない。リングにさえ当たれば、外れても時間制限はリセットされるから。

「へい！」

明美先輩がディフェンスを躱してこちらに呼び掛ける。

――だから無理だって！

私は強引にシュートを撃つ。先程の彩華先輩のように、リングを鳴らしながらゴールに入ればそれがベスト。

だけどやっぱり私は彩華先輩とは違う。

リングにさえ当たらず、ボールを相手に奪われてしまう。

それから数分間、同じ光景が何度も続いた。

いくら彩華先輩が強くたって、バスケは五人でワンチーム。彩華先輩以外がバラバラなら、相手チームに押されるなんて道理だ。

試合終了まで残り二十二秒、67－68。

私たちは逆転されていた。残り二十二秒だというのに、私たちのチームがボールを持てる時間は数秒間しか残されていない。この攻勢で点を決めなければ負けは濃厚だった。

思わず彩華先輩に視線を向けると、ダブルチームで完璧にマークされている。それほど警戒されているのは当たり前の話だけど、裏を返せば誰か一人フリーになるということだ。

明美先輩がボールを持った。

私に視線を向けられたが、こっちにはまだディフェンスマークが付いている。フリーの友梨奈先輩が、「はい！」と声を上げて明美先輩へ駆け寄った。

明美先輩の視線が、友梨奈先輩へ移る。

友梨奈先輩は、彩華先輩ほどではないがシュートの成功率が高い。

チームの命運は、友梨奈先輩に——

ボールが勢いよく飛んできて、私はそれをキャッチした。

視線の下には、オレンジ色の六号球。明美先輩からのノールックパス。

瞬間、頭の中が真っ白になる。

なんで、この局面で私に？　友梨奈先輩がフリーだったのは、掛け声で明美先輩も気付いていたはずだ。

何で最もシュート成功率が低い私に——

「早く撃て！」

「——！」

明美先輩の怒号に押されるように、私はディフェンスを剝がさないままシュート体勢に入る。

自分でもリズムが悪いことが分かったけれど、中途半端に止《や》めてもボールをカットされてしまう。相手ディフェンスは甘くない。

でも幸い、私の位置はゴールから然程《さほど》遠くはなかった。

ディフェンスが付いているとはいえ、この位置からなら勝算はある。

シュートフェイクを入れると、ディフェンスが釣られた。

クリアになった視界の奥には、ゴールリングが待ち構えている。

足元から膝、そして上半身へと力を伝えて、私は跳んだ。

いける。

そう思った時、優子の言葉が脳裏を過《よぎ》った。


——陰湿なんだから。

「あっ」


ほんの僅か、指がかかりすぎたような気がした。

私から放たれたボールは、歪《いびつ》な放物線を描き、呆気《あっけ》なくリングに弾《はじ》かれる。

ベンチから悲鳴が上がる中、私は動揺しながらもディフェンスをするために駆けていた。

世界中の声が遠のいている気がする。今しがたあれほど耳をつんざくような悲鳴を聞いたというのに、世界から音が消えていく。

相手オフェンスが難なく私を抜き去って、ダメ押しのシュートを決めていく。

相手選手の背中を追い掛けながら、何処《どこ》か他人事《ひとごと》のような錯覚に陥った時、試合終了のブザーが鳴った。

今まで聞いたどのブザーより、無機質な音。

私は敗北という現実を俄《にわ》かには信じられず、思わずその場で佇《たたず》んだ。

足が棒になったような疲労感もあったけど、今はどうでもいい。

心臓が早鐘のように鳴っている。

負けた、負けた、負けた。

彩華先輩の代が、この試合で終わってしまった。

もっと先に進むはずだった。

チームは本気で全国大会を目指していた。

こんなところで、終わりだなんて。

……このチームを勝たせたかった。彩華先輩をもっと憧れの存在にするために。

けれど、試合は結果が全てだ。

彩華先輩が私に近寄ってくるのを視界の隅に捉えて、私は身体《からだ》を縮こませる。

敗因は沢山ある。

でも決め手となったのはきっと——

「志乃原さん、整列」

彩華先輩は額に玉のような汗をかきながらも、その表情は穏やかだった。

「彩華先輩……わた、私──」

「行こ？」

彩華先輩は柔和な笑みを浮かべてから、私の肩をポンと叩《たた》く。

「は……はい」

返事をしても動けずにいた私の腕を、彩華先輩は軽く引っ張ってくれる。

釣られるように、私は最後の挨拶をするため整列した。

「ありがとうございましたっ」

頭を下げると、隣にいる友梨奈先輩が洟《はな》を啜《すす》った。

友梨奈先輩は泣いていた。

……当然だ、これが三年間を捧《ささ》げた部活の最後の試合になったのだから。私と目が合うと、友梨奈先輩が悔しそうに笑う。

「負けちゃった」

責められるかもしれないと思っていたから、僅かにホッとした。そんな自分が憎らしくて、情けない。

「……すみません」

「なにぃ、謝っちゃって。こっちからはありがとうって言葉しか浮かばないんだけど」

友梨奈先輩はニコリと笑ってから、自陣ベンチへと歩いていく。友梨奈先輩は、私たち下級生と最も心の距離が近い先輩だった。そんな友梨奈先輩のユニフォーム姿を見るのも、今日が最後。友梨奈先輩だけじゃない、三年生全員がそうだ。

勿論《もちろん》、彩華先輩だって。

私が彩華先輩の方へ視線を向けると、相手選手と軽く言葉を交わしているところだった。私たちを苦しめたハイスコアラーは、尊敬の眼差《まなざ》しで彩華先輩と何度も握手をしている。彩華先輩が試合を通じて他校の選手と仲良くなっている光景を、今までに何度も見てきた。

「すごいね、彩華は」

不意に聞こえた言葉に振り向くと、明美先輩が傍《かたわ》らに立っている。

「……私だってそこそこ自信あるけど、やっぱりあの子の前では霞《かす》むもの。でも、この時間ももう終わりって思うとさ――」

明美先輩が口元を歪《ゆが》めた。

「清々する。やっと彩華の呪縛から解放されるわ、私」

「え？」

それは唐突な言葉だった。

明美先輩が何を言ったのか全く理解できず、私は目を丸くする。でも。

「もう一度言おうか？」

明美先輩の表情で理解が追い付く。優子の発言から、嫌な予感はしていた。

「あの子がいるとね、きっと誰もがそう思う。彩華はきっと、自分の意図しないところで人を傷つける。これから、沢山……でも、それは仕方ない。彩華は凄《すご》い。私って勉強全然できない代わりにバスケができる。彩華は勉強もできてバスケも私なんかより上手《うま》い。だからそれは納得できなくもないんだけどさ」

明美先輩は溜息《ためいき》を吐《つ》いて、私を睥睨《へいげい》した。

「あんたに負けるのは我慢ならない。彩華について行くことしか能のないあんたに」

「私に？」

「志乃原が振った宮城さ、私の元カレなんだよね。あいつ誑《たぶら》かしたツケは、きっちり払ってもらうから。今の試合だけだと思わないでね」

「今の試合って」

「鈍いね。試合に勝ちたきゃ、あんたなんかにパス回さないから」

自分の瞳に熱いものが込み上げてくるのが分かった。

じゃあやっぱり、私がレギュラーに指名された時から。

私が、宮城先輩を振ったせいで。

自分の行動を後悔したって仕方ない。だって私は間違っていないと思うから。でも私の選択が明美先輩の悪行を引き起こしたんだったら、結果的には悪になる。

私が中途半端に憧れたから、最悪の結果に繋《つな》がってしまった。

この事は誰にも言えない。だって嫌な気分になるだけで、事態はもう済んでしまっている。

これから引退する先輩たちの記憶に、最後の最後に悪い思い出を刻みたくない。

引退する人を責めたって、もうどうにもならないのだから。

私が抱え込めば、嫌な思いをする人は……私一人で済むんだ。

それでも、やっぱり抱えきれない部分もある。

ふと、彩華先輩と目が合った。


——助けてください。


最後に、私は彩華先輩に目で訴えた。きっと酷《ひど》い顔をしていると思う。だからこそ、彩華先輩ならば気付いてくれると確信していた。

彩華先輩にだけは、この抱えきれない感情を吐き出させてほしかった。

「志乃原さん、お疲れ様」

彩華先輩がニコリと笑った。

それは機械的な表情だった。

私は思わず、ぽかんと口を半開きにした。

気付いて——くれていたはずだ。

彩華先輩は人の表情から感情の起伏を読み取る能力が高い。

だから数回しか話したことのない後輩との会話から、悩みを引き出して部活に集中させたエピソードを何度か聞いた。

それが彩華先輩という存在。だからみんな憧れた。

そんな彩華先輩を誰よりも深く理解している私だから、目で訴えたのだ。

自分に問い掛ける。

今、彩華先輩は気付いてなかった？

彩華先輩を理解している私の理性が、無機質に回答する。


——ありえない。絶対気付いてた。

じゃあ、無視された？

——気付かないフリを〝無視〟と呼称するならそうかもしれない。

なんで無視された？

その問いへの答えが返ってくる際、ズキンと頭が痛んだ。

答えを拒否するかのように。

『私は自分を一番に優先する。だから、志乃原さんもそうしなさい』

『私は、この部活の主将だからね。負けて引退するまでは、後輩の悩みを聞くのは責務なの』

その言葉の裏を返せば。

部活を引退したら、もう私とは関係ないということ。

とはいえ本音では私を〝特別な後輩〟として認識してくれているのではないかと期待していた。でも本当は気付いていたんだ。

他の先輩は、私を呼び捨てで呼んでくれる。二年間私を〝志乃原さん〟と呼び続けたのは……彩華先輩だけ。

思い返せばずっと自分から彩華先輩に話しかけていて、事務連絡以外で向こうから話しかけられたことは一度もなかった。

なんだ……ほんとはずっと分かってたんだ。

きっと彩華先輩にとって、私という存在は他の有象無象の後輩たちと変わらない。

ただの後輩のために、リスクを承知で労力を割く人なんて……それも引退間際のタイミングで行動に起こす人なんて、きっといない。

それなら納得できるねと、私は自嘲的な笑みを浮かべながら、コートから出て行った。

私に付いてくる選手は、一人もいなかった。

◇◆

県大会を終えて、三年生は女バスを引退した。

彩華先輩や明美先輩、友梨奈先輩らがいなくなった体育館は、減った人数以上の物寂しさを感じさせる。

結局、私は女バスを退部した。

理由は明美先輩から度重なる嫌がらせを受けたからだとか、そういった類じゃない。

明美先輩からは「今の試合だけだと思わないでね」と言われていたけれど、あれ以来私の周りでは何の変哲もない日常が続いていた。強いて挙げるなら、何らかの噂《うわさ》が回り始めている気がすることくらいか。

きっと明美先輩も、試合後のアドレナリンが出た勢いで発言してしまったのだと思う。だから引退試合から数週間経《た》っても、明美先輩に何もされなかった時点で、私は気持ちを切り替えていた。

——理性では、そのはずだった。

でも、身体《からだ》は正直だった。

私はゴール付近からのシュートが撃てなくなっていた。ボールを構えるまでは問題ない。ただ、ボールを構えたままジャンプすると、身体が硬直してしまう。

私が撃った——放物線も描けない弾丸のようなシュートは、リングに直撃して勢いよく跳ね返り、顔面に迫ってくる。

「真由、さっきから全部リングの下に当たってる……けど」

「分かってる、分かってる」

普段の私からかけ離れたシュートフォームに、チームメイトたちはすごく心配してくれた。

私も理由が判《わか》らないまま謎の硬直を克服しようとしていたけれど、結局数週間経っても殆《ほとん》ど改善されなかった。

病院に行ったところ、「恐らく軽いイップスだろう」とのことだった。

過去の失敗がトラウマになり、特定の動作にだけ支障が出てしまう。此処《ここ》では正確な診断はできないと言われたけれど、自分でもイップスによるものだと思った。

回復する方法はあるみたいだったけれど、私はイップスという現状を理解すると同時に、あっさりバスケを諦めた。

バスケ自体は楽しいけれど、そのために心因性の問題に向き合いたくなかった。

私はバスケが好き。

でも、〝好き〟の度合いは至って一般的なもので、それだけでは続ける理由にならなかった。

ゴールリングの至近距離からシュートを撃つ際、毎度脳裏に過《よぎ》る記憶がある。

それは試合終了間際でシュートを外した光景──ではない。

彩華先輩の目。

私を見ているようで見ていなかった、あの目が脳裏に過るのだ。

恋を知らないというコンプレックスを吹き飛ばしてくれるような存在。彩華先輩に近付くことが、私の存在を確固たるものにしてくれるのだと思ってた。

でも心の距離は近付いているようで、きっと初めから相手にされていなかった。

──難しいなぁ、人の気持ちって。

私、全然ダメだよ。

お父さんもお母さんも——お互いの気持ちが分からなくなっちゃったから、離婚してしまったのかもしれない。長年連れ添った人とでもすれ違う。

心を通じ合わせるって、きっと簡単じゃないんだ。

恋さえ知っていればなと後悔した。

幼少期の思い出はいくらかあるけれど、そんなものは何の役にも立たなかった。

明美先輩の気持ちを想像できなかったのは、私が本当の恋を知らなかったせいだ。

まともに恋愛している人だったらもっとマシな進言ができていた。それに恋バナなどのゴシップにも興味を惹《ひ》かれ、宮城先輩が明美先輩と噂されていることも把握できていたかもしれない。それなら自分から宮城先輩と距離を置けたのだ。

私がその選択を取れていたら、試合に負けることもなく、彩華先輩はもっと上位に行けて私の理想の存在に——

そこまで思考を巡らせて、私は改めて気が付いた。

私、ちっとも彩華先輩が憎くない。彩華先輩が、今も私の理想像であることに変わりはない。

自分が予想以上に彩華先輩とかけ離れた位置にいるのを認識して、少しまいってしまっただけ。

勝手に期待して、勝手に傷付いただけだ。

本当の恋ができるようになる頃には……人との心の距離を、正確に測れるようになっているのだろうか。

きっと、今よりはマシになってるだろうな。

私は最後にゴールリングを眺めた後、体育館を後にした。

◇◆

体育館へ自発的に足を運んだのは、大学に入学してからのことだった。

大学に入学した際、勉学以外の目的が二つ。

恋愛をすること。

そして、自分の弱さを克服すること。

体育館は、私の弱さの象徴だった。

彩華先輩という他人に自分の理想を押し付けて、相手にされていなかったと知って勝手に傷付く。他人に依存することで自分を強く保とうとしていた、中学時代の私。

五年近くの月日が経った今では自虐できるくらいに吹っ切れているつもりだけれど、まだあの頃の自分が根っこに引っ掛かっている気がしていた。身も心も成長できたはずだけど、未《いま》だにそんな懸念を剝《は》がすことができないでいる。

だから成長の確信を得たかった私は、自身へ弱さを克服していると自分自身に証明したいがためだけに大学バスケ部に仮入部し、何度も体育館へ足を運んだ。

五年弱が経って、私のイップスは鳴りを潜めていた。

医者の言う『軽いイップス』は本当に軽かったみたいで、高校へ入学した頃には収まっていた。マネージャーとして部活に入部していたのも、治療になっていたのかもしれない。

体育の授業などでたまにシュートを撃ってみると元の私のそれだった。

医者には環境の変化が改善のきっかけになる事もあると言われたけれど、効果覿面《てきめん》だったようだ。

だから大学ではあえてバスケ部へ選手として入部し、かつてに似た環境で生き残る。それが弱さを克服したと自分で認められる手段になると、私は考えた。

仮入部期間の練習は好調だった。

中学で曲がりなりにも強豪に属していた私は、スタメンの座は遠くても、進級する頃にはベンチメンバーに入れるかもしれないという希望すら抱けた。

でも、これは彼女が目の前に現れるまでの話。

仮入部を終えて、正式にバスケ部へ入部した初日にそれは起こった。

元プロバスケットボーラーという経歴を持つコーチの新入生に向けた挨拶が終わってから、数十分後のことだ。

指先でボールをくるくると回していると、背後から名前を呼ばれたのだ。

「あれ、志乃原じゃん」

――その声に、耳を疑った。

どうか記憶違いでありますようにと願いながら、振り返った。

でも、予想通りの人物が眼前に立っていた。

髪はピンクゴールドに染め上げて、左耳にはピアスの穴も空いていたけれど、切れ長の目は変わっていない。

記憶通りの眼光に、思わず恐れを感じてしまう。

「あ、明美先輩……」

「久しぶり。元気にしてた？」

私の耳はどうやら優れているらしい。五年振りの人の声色を、すぐに聞き分けることができたのだから。

元気にしてたなんて台詞《せりふ》が彼女から出てくるのは想像できなかったけれど。

「久しぶりに会えて嬉《うれ》しいわ。私、あんたに――」

何を言われるのかと、思わず身構える。どんな言葉が出てきてもいいように、心に蓋をする。

すると、明美先輩が申し訳なさそうな表情を作った。

私は驚いて、目を大きく見開いた。

「――謝らなきゃ。あの時のこと、覚えてる？」

あの時。どれのことだろう。

引退試合中かな。引退試合の直後かな。

それとも私が退部した後、下級生にありもしない噂を流したことかな。

確か「志乃原は他人の彼氏にしか興味がない」だっけ。

あれは強烈な噂だった。私の〝恋に興味がない〟という感情が〝真摯な恋に興味がない〟に変換されても、一応辻褄《つじつま》は合ってしまう。

とはいえ、私のそれまでの言動が功を奏したのか、噂が広まりクラスメイトから避けられたのは一ヶ月にも満たない期間で、致命的な事態には陥らなかった。

それどころか一瞬離れそうになった友達が、すぐに私を信じ直して謝ってくれたりと、絆《きずな》を確かめ合うきっかけにもなった。件《くだん》の噂には明美先輩しか知り得ない内容が含まれていたし、主犯は彼女だと確信していたけれど、大事に至らなかったのもあって直接訊けてはいない。

「もしかして、覚えてない？」

◇
◆

彩華先輩のラインは中学時代の友達の誰にも知られておらず、連絡は取れなかった。

明美先輩に教えてもらう手もあるけれど、それは最終手段にしたい。最初の挨拶以降、明美先輩はかなり頻繁に私へ喋《しゃべ》りかけてくる。

表情は友好的でも目は笑っていない。中学時代と全く変わっていなかったからすぐに察することができた。

今の明美先輩は、中学時代と比較すれば随分大人しい。バスケの実力が如実に伸びていたから横暴になってもおかしくないと思っていたけれど、私以外の後輩にも分け隔てなく話しかけている。

きっと明美先輩より上の世代が今のバスケ部にいるからだ。

だから明美先輩が今後部の中心人物になったらどうなるか分からない。大人になったという線にはあまり期待していない。

正直顔を見るだけで身体《からだ》が重くなってしまうから、部活に行きたいという気持ちはすっかり失《う》せていた。

弱さを克服するために選んだ部活だった。でも自らに課した枷《かせ》なんて、その気になればすぐに取っ払える。やっぱり私は自分に都合の良いようなハードルしか設けられていなかったんだと再認識してしまう。

彩華先輩に会いたい。恋を知らない私が憧れて、目標にしていた人。彩華先輩と話せば、今の自分をもう一度見つめ直せる気がしていた。

……ううん、ただそう願っていただけだ。

「志乃原さん」

名前を呼ばれて、怪訝《けげん》に感じた。

覚えのない声色だったから、不思議に思いながら振り返った。

「やっぱり！　久しぶりね、元気にしてた？」

私は口をぽかんと開けた。

その容姿は、今でも忘れられない憧れの存在。

艶のある黒髪は記憶より長かったし、私服姿を見るのは初めてだったけれど有名女優を彷彿《ほうふつ》とさせるような端整な顔立ちは間違いない。

「彩華……先輩？」

疑問形になったのは、ただ信じられなかったからだった。

容姿に対してではない。声と表情だ。

「ほんと久しぶり。うちの大学に入ったんだね、嬉しいなぁ」

「うん、中学時代の後輩とまた会えるなんて感慨深い。ていうか志乃原さん、すごい可愛《かわい》くなったね？　中学でも可愛かったけど、垢抜《あかぬ》けたっていうのかな？　今モテるでしょ」

ニコニコしながら、立て続けに質問してくる。

「あっそうだ。高校の時ラインのアカウント作り直してたからさ、これ追加しといて？」

勢いに押されてQRコードで彩華先輩のアカウントをあっさり追加する。中学の時は彩華先輩と連絡先を交換していることはある種のステータスだったというのに。

でも今じゃこんなにも簡単に交換できる。

それにこんなにも底抜けに明るい声色は今まで聞いた覚えがなかった。

普段は凛《りん》としていて、声を張った時は皆《み》んなが背筋を伸ばしてしまうような緊張感があって、静かに話す時は人を落ち着かせて。

私が彩華先輩に対して抱いていた人物像は、鮮美透涼。

でも今目の前にいる彩華先輩は明朗快活、天真爛漫《てんしんらんまん》。

他人から見ればどちらでも好印象だと思うけれど、私にとっては――

「彩華ちゃーん！」

雑踏の中でもよく通る男の声が彩華先輩の名前を呼んだ。

彩華先輩がパッと振り返ると、ウルフカットにピアスの男が白い歯をのぞかせながらこちらに寄ってくる。

ザ・パリピ。軽い歩調で近付いてきた彼はこんなことを言い出した。

「彩華ちゃん、昨日由季たちと合コン行ったんだって？　なんで俺も誘ってくれなかったのよー！」

「あはは、ごめん！　女子揃《そろ》えたら満足しちゃうんだよね～、また機会があったら元坂《もとさか》君も誘うから許してっ」

「ほんとだなー？　でもどうでもいい時期の合コンはイマイチだし……そうだな、またクリスマスシーズンとかどうよ？」

「ほんと！　そだね、考えときまーす」

彩華先輩は片手を挙げて戯《おど》けてみせる。

私は目の前の光景が信じられなかった。

——誰ですか？

チャラそうな男と仲良く合コンについて話す彩華先輩が、私の目には滑稽に映った。

時計の針が進むにつれて、私の中で黒い感情が渦巻いてくる。

彩華先輩はずっと変わらないと思っていた。

でも違った。かつて恋愛に興味がなかった彩華先輩は、定期的に合コンをしている。

ノリの軽い男子にもニコニコして楽しそうに喋っている。

そうしてるうちにも色んな人に声を掛けられて、誰彼構わず周りに満面の笑みを振り撒《ふま》いて。

なんだこれは。

私は芯の通った彩華先輩に憧れた。だからその一本の芯に基づいて弾《はじ》き出された事実に哀《かな》しさを覚えても、決して憎みはしなかった。

でも今の彩華先輩には芯なんてものは無くなってしまったみたいだ。

——それって、私と同じじゃん。

そんな人から相手にもされず、見捨てられたなんて。

私って一体なんなんだろう。

私の中で彩華先輩には勝てないと確定していたから納得できていたのに、その彼女が堕ちてしまっては自分が更に酷《ひと》く矮小《わいしょう》な存在だと認めないといけない。

……そんなの嫌だ。私は、こんな人知らない。

こんな人——

「ごめんごめん、ちょっと知り合いが」

彩華先輩が私に両手を合わせて、簡単に頭を下げた。

「いつからそんなんになっちゃったんですか？」

「え？」

口をついて出た言葉は、止められそうになかった。

「笑っちゃいますよ。私、彩華先輩のこと何にも解《わか》ってなかった」

中学時代と同じだ。また勝手に期待した。また勝手に裏切られた気分になった。

彩華先輩の立場からみればいい迷惑に違いない。それを踏まえても尚《なお》、心に積もった黒い感情がせり上がるのを止められない。

明美先輩はまだ彩華先輩と繫《つな》がっている。ここで抑えないと、バスケ部内で自分の立場がまた危うくなるかもしれない。

でも今はそんなことを考えていられるほど冷静にはなれなかった。さっきはお礼を言ってもいいくらいだなんて思っていたけれど。

「彩華先輩の顔見て、私分かりました」

私は、弱い。

「今になって、彩華先輩が憎いです」

私は自分が弱くないと思いたかった。だから彩華先輩を神格化することで、捨てられた自分は惨めじゃないと言い聞かせていた。

そうやって弱い自分から逃げていたんだ。

だから彩華先輩を憎む感情は、ある意味自分が弱いのを認めたから溢《あふ》れたものだと解釈できる。

――弱いって、認められたね。だからあのバスケ部にだって、留《とど》まる理由は無いんじゃない？

自分の中の黒い感情が、そう投げ掛ける。

私は彩華先輩の返事を聞かずに、踵《きびす》を返してその場を後にした。

バスケ部には数ヶ月留まってたけど、最後は幽霊部員になり、そのまま退部した。

その頃彼氏になっていた遊動《ゆうどう》先輩は退部に喜んでいたけど、私は胸の内に焦燥が膨れているのを感じ取っていた。

――ほんとは、分かってる。全部、分かってる。

逃げてるだけ。

私はずっと何かから逃げている。かつては恋愛から。そして今は彩華先輩から。自分の弱点を克服しようとしていたのに、全部がますます浮き彫りになっていく。

幸せの象徴だったサンタ服に身を包んだのは、それらの現実から逃避する意味もあったかもしれない。

自身の弱さを幸福な記憶で覆いたかった。

クリスマスシーズンの大通りは皆んなどこか楽しそう。サンタのコスプレは、そんな人たちから幸せをお裾分けしてもらえそうな気がして、充実した時間だった。

道行く人たちにクリスマスパーティのチラシを手渡ししていく。

私の勤務先はクリスマスやバレンタイン、ハロウィンなどに出逢《であ》い系のパーティを開催しているようで、いつか行ってみたいなと思っていた。

今はまだ浮気されたとはいえ、遊動先輩が彼氏。

でも近いうちに別れるだろうから、そんな算段を立てていた。

早く、本物の恋を知りたい。

そしてきっとそのパーティには強い人が集まる。異性との出会いの少なさを、自らの行動で克服しようとする。焦るだけで「機を待つ」なんて曖昧な希望に縋《すが》り、行動しない人より余程強い。

きっと私は、いつだって自分より強い人を求めている。

自分が弱いから、強い人に刺激を貰おうと考えている。いつもの他力本願だ。

自分に期待しない方が、ちょっとだけ楽だった。

――その時、見覚えのある人物が視界に入った。

私と同じ大学の、恐らく年上であろう男子学生。

キャンパス内で彩華先輩と仲睦《なかむつ》まじく喋《しゃべ》っている姿を何度も見た。

あの彩華先輩が、彼には心からの信頼を寄せているような気がして衝撃を受けていた。

あの表情を引き出す彼には、一体何が秘められているのだろう。

私の知り得ない力を、あの人はきっと持っている。

もしかしたら彩華先輩が変わった要因だって知っているかも。その要因に少なからず関わっている可能性もある。

……知りたい。

彩華先輩を変えるほどの何かをあの人が持っているとは正直考えづらいけど。

その力が分かった時、私は強くなれる。

これも、いつもの他力本願。今度は話したこともない、本当の赤の他人だ。


——最後にしよう。


変わるために、今の私は他人を頼ることしかできない。だけどきっと世の中そんな人は沢山いると思う。

いつかは私も、誰かを変えられるような強い人間に。

そんな自分になるために、この一歩は必要なんだ。
私は、心を決めて踏み出した。

第8話　燕も廻る

一連の話を聞いて、俺は深く息を吐いた。

志乃原《しのはら》と知り合ったのは偶然だと思っていた。実際、チラシをばら撒《ま》くというきっかけ自体は本当に偶然なのだろう。

ただ、その後志乃原があからさまに距離を縮めてきたのにはこうした背景があったのだ。

正直全く気が付かなかった。

志乃原はこうした性格なのだろうと、信じて疑わなかった。初めて違和感を覚えたのは、志乃原の恋愛観を聞いてからだ。

恋を知りたいという理由を踏まえても、俺たちの距離が縮まる速度は些《いささ》か早すぎた。家に来たり、泊まったり。

だがそれらのきっかけを作ったのは他でもない俺自身だし、当時は気に留めていなかった。浮気をされたという特異な共通点や劇的な出逢い方という諸々《もろもろ》が重なって、他人にはない密な時間を過ごしたからだと考えていた。

勿論《もちろん》、それらの要因もゼロではないはずだ。

でも〝昨日会ったばかりだとは思えない〟と、イブに俺自身も言っていたじゃないか。

彩華《あやか》と話していると、周りから視線を感じることはしばしばある。今思えばその中に志乃原がいたのだろう。

自分では気が付かない魅力がもしかしたらあるのかも、なんて健全な男子の思考回路を発揮していたことは墓まで持っていきたい気分だ。

しかし、志乃原は最後に気になる発言をしていた。

「それで、何か分かったのかよ。俺が持ってるものがなにか」

「いや、さっぱりです」

「おい⁉」

やっぱり墓場まで持っていこう。そう思い直した時、志乃原は吹き出した。

「先輩が考えてること、当ててあげます」

「……ほう、どうぞ」

「今日の晩御飯はなんだろな」

「俺を何だと思ってんの⁉」

掠《かす》りもしていない回答に、思わずツッコむ。

志乃原は俺からヒラリと距離を取った後、口角を上げた。

「先輩っ」

「んだよ！」

「あはは。私、安心しました」

捕まえようとしていた手が、ピタリと止まる。

「先輩、怒ってない」

「どーやって怒るんだよ。あの時、偶然だと思ってたのにってか？」

「場合によっては……そういう怒り方もありかと。最初は、多少の打算が絡んでたことも確かですし」

「じゃあ今は違うんだろ。ならいいよ、どうでも」

「ど、どうでも!? なんかその言い方は傷付くんですけど！」

「うるせえな！」

志乃原が腕を摑《つか》もうとしてきたので、今度は俺がそれを躱《かわ》す。

「ううっ酷《ひど》い。私の愛情表現なのに」

「だったら見直してこい、絶対他にいいのがあるから」

そう言いながら、俺は少しの間思案した。

志乃原の打算が抜けたタイミングは一体いつだったのだろう。過去を聞く前に決めていたように、俺はこの話で志乃原への対応を一ミリたりとも変えるつもりはない。

ただこれから志乃原との思い出を想起する機会はあるはずだ。

その際どこから打算抜きの関係になっていたかを判《わか》っている方が気持ち良く想起できるように思えた。

「なあ、その打算が抜けたのいつだ？」

遠回しに訊こうかとも考えたが、今は直接的な質問の方が賢明だろう。

志乃原は顎に手を当てて思案する様子を見せた。

「初めて先輩の家に行った後には、もうサッパリ消えてましたね」

「え、早いな」

もう少し後だろうと見当をつけていたので、肩透かしを食らう。

志乃原は俺にチラリと視線を流した後、頰《ほお》を緩めた。

「だって先輩、私の知り得ない何かなんて持ってそうじゃなかったもん」

「ディスられた……」

俺が項垂《うなだ》れると、志乃原は慌ててかぶりを振った。

「いや、すみません今のは語弊が！　えっと、同じ年上なのに抜けてる感じが、彩華先輩とは全然違うなって……仲はすごく良いはずだけど、私の知らない特別な力で惹《ひ》きつけてる訳じゃなさそうだなって」

何だかフォローになっていない気がしたが、志乃原の言葉には続きがあるようだ。

「クリスマスの合コンでは、見た目がチャラい遊動《ゆうどう》先輩に啖呵《たんか》を切るような逞《たくま》しさがあったり、知り合ったばかりの私を心配して電話してくれる優しさだったり。それが全部、あの時の彩華先輩には無かったものだったと思うので」

志乃原は一息ついて、俺を見上げた。

目を細めて、柔和な笑み。

この表情の送り先が自分ということに、何だか今更信じられない気持ちになる。

「私、確かにまだ恋を知りません。幼少期とかを除けば、ほんとに一度も覚えがないので。でも何だか、最近は想像だけはできるようになってきたんです」

志乃原は榛《はしばみ》色の髪を指で一捻《ひとひね》りして、憂うように口にした。

「彩華先輩の立場になったら、私絶対先輩には言いたくないと思います」

「どういう意味だ？」

「私、援護射撃の趣味はないので二度は言わないです」

「いや、訊いてみただけ。察しはつく」

「タチ悪⁉」

志乃原はそう反応した後、首を傾《かし》げた。

「先輩、私が言いたいことはほんとに解《わか》ってるんですか？」

「さあな、違うかもしれない。でも結局は、彩華自身に訊かなきゃ意味ないだろ」

「まあ、そうかもしれませんが。……野暮《やぼ》でしたね、私」

彩華とは高校時代からの親友だ。あいつ自身もそう思ってくれていた。俺たち二人の関係は、そこから始まったのだ。

スタートする以前の一切を取っ払う方が、新しい自分で始められる。一度リセットすることで良い方向へ転ぶ出来事だって世の中には多々あるに違いない。

きっと彩華にとって、俺との関係がまさにそれだった。

そして俺は美濃《みの》彩華が変わる瞬間に立ち会った。元々あいつは、自分の曲げられないものを確かに持っていた。自分を優先する——それこそが彩華の芯だと思っていた時期もあった。

だが、それは違ったのだ。

美濃彩華の芯は、自分の生きたい世界を優先する。

高二の一件は、あいつがその世界を拡《ひろ》げるきっかけになった。だから彩華は、外面《そとづら》を良くする。自分が、自分の生きたい世界で生きやすくなるために。そして様々な価値観を吸収し、成長したいと考えた。

そんな彩華だから、俺はずっと傍《そば》にいたいと思っている。

「真由《まゆ》は、まだ彩華が憎いのか」

「そうですね。先輩は大好きですけど、それとこれとは話が別なので。人としての相性ってものもありますし」

「中学時代は、彩華と話せてたんだろ。少なくともあいつは、中学時代に猫を被《かぶ》ってたりはしてなかったはずだ。素の彩華と話が盛り上がったなら、相性は良いと思うけど」

「……相性良いって、思ってましたよ。でも結局それは、見捨てられる程度のものでしたから」

「その頃の彩華は、自分の世界が狭かったんだ」

「なんで先輩がそんなこと言えるんですか。まだ彩華先輩から、何も聞いてないのに」

「これからその答え合わせをしに行くんだよ」

俺は肩を回し、ポキッと鳴らした。

「今の俺、無遠慮だったよな。真由の過去、話に聞いただけで解った気になって。挙げ句の果てには、真由が憎い相手を擁護してるんだ」

俺が言うと、志乃原は俯《うつむ》いた。少なからず思うところがあったのだろう。当然だ。

「だから、俺の解釈が外れてたら殴っていいぞ。……いや、それは現実的じゃないか？」

相手が躊躇《ちゅうちょ》してしまうような行為を代償にするのは卑怯《ひきょう》だ。

そう思って代替案を考えていると、志乃原はクスリと笑った。

「いいですよ、その賭けノりました。今さっきの先輩の発言が外れてたら、フライパンで叩《たた》きます」

「……え、殺す気？」

　さすがに命が危ぶまれる行為は勘弁してもらいたい。

　だが殴っていいと提案したのは俺だ。

　いやでも、それで志乃原の気が済むなら……

「晩御飯抜きと悩みましたが、やっぱりご飯は先輩と食べたいので。大丈夫です、病院行きにまではならないように手加減しますから！」

　志乃原はそう言って、力こぶを作ってみせた。不安を煽《あお》るような仕草だが、俺はそれを押し殺して頭を下げる。

「ありがとう」

　瞬間、頭頂部がスパンと叩かれた。

「いって⁉」

「今のが一番ムカつきます！　先輩が彩華先輩のために頭下げるのは納得できないです！」

　顔を上げると、今日初めて志乃原が怒ったように口を尖《とが》らせていた。

「私、先輩には誰のためにも謝ってほしくない」

「な、なんで」

「束縛です、束縛。先輩はもう家から出ちゃダメ。他の人間と喋《しゃべ》っちゃダメ、ご飯食べちゃダメ――」

「怖い怖い怖い」

冗談半分で両手で自分自身を抱きながら、俺は考えを巡らせた。

　志乃原の言う通り、人は相性で好き嫌いが如実に分かれる。「志乃原と彩華は相性が良いと思う」なんて言ったのは俺だが、歳月の流れで本当に悪くなっている可能性もなきにしもあらずだ。

　だから今日志乃原が全て話してくれたのは、他でもない俺のため。俺はこの後輩の気持ちに報いるように、手を尽くさなければいけない。

「なあ。さっき明美《あけみ》から連絡あったんだけど、来週もサークルに来る予定らしい。もしかしたら、定期的に来るかもしれない」

　俺の呟きに、志乃原の表情が強張《こわば》った。

「……そうですか。やっぱり私に……」

「恨んでる訳じゃないと思う。あいつは今……違う男と付き合ってるし」

　相手が元坂《もとさか》というのは伏せた。元坂と付き合っているのが、志乃原への当て付けという線が浮かんだからだ。そうだとしたら明美はとんでもない女だが、執着している相手は志乃原ではない気がしていた。

　その根拠は、雷が落ちた後の講義室での邂逅《かいこう》からだ。

「先輩」

「ん？」

「私、これ以上明美先輩がここに来るなら『start』にいたくないです」

「知ってるよ。だから何とかしてやる」

迷った末に、頭にポンと手を置いた。

志乃原は小さく「ふぇ」と声を漏らして、こちらを見上げる。

「お前はもう『start』のマネージャーだ。俺は別にサークル代表でも副代表でもないけど、お前の先輩だ。サークル内で先輩が後輩を助けるのは当然だし……多少強引になっても、来ないように話してみるよ」

明美がこれ以上サークルに来るなら、志乃原はまた幽霊部員になってしまう。守る理由は、十分すぎるほどある。

「でも私、それじゃいつまで経《た》っても逃げ続けなきゃいけないって迷いもあって──」

「過去から逃げるのが弱さに繋《つな》がるんじゃない。過去を引きずって、〝今〟を捨てるのが弱いんだ」

自分に言い聞かせるように言葉を紡ぐ。

「今を頑張るためならさ、過去を見ないようにしてもいいんじゃねえの。過去全てを見ないようにしろって話じゃないぞ、見なくていい場合もあるって話だ」

明美との件は、その場合に含まれると思う。

突発的かつ、強制的に忘れたい記憶を刺激される。その結果居場所から離れたくなるというのなら、今だけは逃げてもいい。

震えるくらい怖いのなら、志乃原自身が向き合えると思った時に向き合えばいい。この件に関しては無理に向き合わなくたって、別にいい。

「……ありがとうございます。片隅に留《とど》めておきます」

「片隅かよ」

志乃原らしい反応に、口元を緩めた。

「はい、片隅です。だって彩華先輩も、中学時代の話するの最初は嫌がってたんですよね。それを踏まえると……今の先輩の言葉は、一時的に弱った私を癒《いや》すためのものかと」

「なに変な分析してんだよ」

「だって、そうでも思わないと――」

志乃原は俺の手から逃れて、四段しかない体育館入り口の階段をひとっ飛びで上がった。

「やっぱり、明美先輩には何もしないでください！」

「え、なんでだよ」

「だって、先輩や藤堂《とうどう》さんが明美先輩に何か言うのは、筋が通らないです。『start』のスタンスって、来る者拒まずですよね。先輩以外にも、友達呼んでる人は沢山いますし」

「でも、お前はもう『start』マネージャーだろ。そのためなら――」

「ダメです。だって私、そのスタンスがあったからこそ入れたんですから。礼奈《れいな》さんだって、そのスタンスが無かったらこの体育館に来れないですよね」

「それは……」

「私、『start』が好きなんです。入ってから全然短いのに何言ってんだって思われるかもしれないですけど……好きなんですよ」

その言葉は、素直に嬉《うれ》しかった。当初は無理やり付いてきたという経緯があったとしても、自分の居場所を好きになってもらえるというのは嬉しいものだ。

だからこそ、その居場所を守りたいという気持ちが出てくるのだ。

志乃原はこの思惑に察しがついているのか、俺に微笑《ほほえ》んだ。

「大学に入って、初めて団体に所属して幸せになれそうな場所が『start』ですから。藤堂さんと先輩が変わるのは、そんな『start』が変わるのと同義です。だから藤堂さんにも、この話はしないでください」

俺はともかく、サークル代表である藤堂は名実ともに『start』の顔だ。

その藤堂が変わるのは確かに同義だと言えるかもしれない。

「私以外にも、この温かい居場所に救われる人はいると思います。過去にもこの先にも、きっといるはずなんです。その居場所を私は変えたくない。変わってほしくない」

かつてこのサークルはとてもそう言える場所ではなかった。こうして志乃原に言ってもらえるのは、とても喜ばしいことだ。

「……お前の気持ちは分かった。でも実際問題、明美がこれ以上来るならお前はどうするんだ？」

「向き合えなくなった時に、また逃げるかもしれないですね。私、これ以上明美先輩がここに来るなら『start』にいたくないですし」

あっけらかんとした言葉に、俺は思わず「おいっ」と返事をした。

「でもそしたら、先輩は追い掛けてくれます。それはそれで、幸せかなって」

振り返った志乃原の頰《ほお》は、朱色に染め上がっている。

「──なんて、言ってみたり？」

雨雲の隙間から夕陽《ゆうひ》が差し込む。

それはこの梅雨時で久しぶりに見る陽光だった。

同時に小雨も降り始めて、志乃原は不思議そうに空を見上げた。

「……彩華先輩のところに行ってきてください、先輩。なんか私見送ってばかりですけど、このポジションもなんか良いなって思います」

志乃原はそう言って、後ろで手を組み直し、首をほんの少し傾《かし》げる。

「それとも、こんな健気《けなげ》な私を抱きしめたりしてくれますか？」

「……なんでそーなる」

「ふふ。いつか先輩の方からそうしてくれる日がきたらいいなーって思います」

志乃原は柔和な笑みを湛《たた》えてから、またくるりとそっぽを向いた。

「ほんとは、私が彩華先輩の立場ならって考えたこともあるんですよ。……私、きっと同じ行動します。それを理解していても感情を抑えられないのは、自分を惨めって思いたくなかったから。想《おも》いが一方通行っていう現実に、最後まで気付きたくなかったから」

あの話を聞くとその気持ちも理解できた。志乃原は俺にとって良い後輩だが、聖人という訳じゃない。負の感情を持ち合わせる、普通の人間なのだ。

嫌な自分に向き合いたくないのも、それによって多少攻撃的になってしまうのも、俺が責められるようなものじゃない。

「先輩への気持ちは、一方通行じゃないですよね？」

「……観覧車でも言ったろ」

俺はそう返したが、志乃原は再度言葉にしてほしいようだった。不安そうな表情をされるくらいなら、口にすることに抵抗はない。

「すげえ大切だって思ってる。これからも変わらない。だからまあ、一方通行になりようがない。あと――」

「あと？」

「頼れる人には頼っとけ。ありがちな言葉で悪いけど、一人で悶々《もんもん》としてたら悪い方向へ転んでいくだけだ」

最悪誰かに伝えなくてもいい。

ただ、悶々とするだけで口にしなければ自分のコントロールすら利かなくなる。かつての俺はそれを痛感した。

「頼るのも強さだ。多分な」

「……先輩の良いところは、要所要所をしっかり決めてくれるところですね。欲しい言葉をすぐ言ってくれる。普段はあれですけど」

「あれってなに？　ねえあれってなに？」

「えへへー。ノーコメントです」

そう答える志乃原の声色は、温かい。

俺の日常に彩りを与えてくれる存在が、こちらに振り返った。

「じゃ、お言葉に甘えて頼りますね」

志乃原はそう言って、両手をブンブン振った。

「いってらっしゃい、先輩！　なんか私、見送ってばかりですねー！」

「はは、確かにな。いってくるよ」

夕陽に照らされた顔は、眩《まばゆ》いくらいの笑顔。

俺は志乃原に何を贈ってあげられるのだろう。今日、何か贈ることができただろうか。

志乃原は度々俺にお礼を言ってくれる。それを素直に受け取れる人間になりたい。志乃原の力になりたいと、強く感じた。

先程まで低空飛行していた燕《つばめ》は、いつの間にか手が届かない上空で旋回している。

止《や》まない雨はない。

あの観覧車はまだ廻《まわ》り続けているのだろうなと思いを馳《は》せて、俺は再び一歩踏み出した。

第9話　変化

彩華《あやか》の家を訪れたことは、何度かある。

だが一日に二度となると、初めての経験だ。

インターホンを押すと、軽快な音色が廊下に響いた。俺の住むアパートと違って内装も重厚な仕様になっていて、突っ立っているのが余計手持ち無沙汰に感じてしまう。

ガチャリとドアが開くと、中から彩華の白い手が俺を迎えた。

「入って」

「おう」

言われるがままお邪魔すると、俺は驚いて飛び退《の》いた。

彩華は先程のパーカーを羽織っていないキャミソール姿で、胸元が露《あら》わになっている。ショートパンツは限りなくショートで、ビキニ姿と大差がない。

「なっなんて格好してんだよ！」

「なによ、ここ私の家よ。自由にさせてよ」

そう言って、彩華は先程羽織っていたパーカーをソファから掬《すく》い上げた。

黒色のフード付きパーカーに身を包んだのを確認して、ようやく俺はリビングに入った。

「無防備っつうかなんていうか……」

「ごめんごめん」

彩華は苦笑いしながら、ジッパーを引き上げる。

途中でその手が止まり、彩華が口を開いた。

「もうちょっと見とく？」

「上げろ！」

「はいはい」

彩華は面白そうに笑って、ジッパーは首元まで上げられた。

何だか惜しいことをしたような気がしたが、頭をブンブン振って邪念を吹き飛ばす。

そんな俺の様子に、彩華は口角を上げた。

「なによ、見たいんじゃない」

「ちげーわ！」

大きな声で否定して、ソファに置いてあったクッションにダイブした。さっき彩華と会ってからまだ半日しか経《た》っていないというのに、何だか随分久しぶりに訪れた気がした。

「まさか、夜になってから私の家に来るなんてね」

静かな声で、彩華は呟《つぶや》いた。

俺は上体を起こして、続きを待つ。

「今日のうちに来る気はしてたけど、この時間になったらさすがに後日になるかなって思ってた」

彩華の視線が時計に移る。時刻は二十一時を指していた。

「お腹《なか》減ってない？」

「減った」

「眠くない？」

「眠い」

「………なんで今日来たのよ」

彩華は呆《あき》れたように溜息《ためいき》を吐《つ》いた。

自分でもそう思うが、志乃原《しのはら》から話を聞いた直後にこの場所へ戻りたかったのだ。

自分の気持ちを確かめたかった。

俺がまだ彩華を寸分のブレもなく好いているのかを。

そして結果は予想通り、何も変わらず彩華を親友だと思えている。

「カフェオレ作ってあげるから待ってて。目も覚めるし、それと一緒に何か摘《つま》んだら多少お腹も膨れるでしょ」

「いやいや、悪いって。てか昼に来た時はカフェオレ無かったじゃん」

家にカフェオレが無いことを失念しているのではないかと思い指摘したが、彩華はかぶりを振った。

「言ったでしょ、今日のうちに来る気がしてたって。買っておいたのよ」

「……ありがとうございます」

「いいえ」

彩華が冷蔵庫から牛乳パックを出した姿を見るのは初めてだ。それなのに不思議と既視感があった。

きっといつも彼女に世話になっているから、この状況と重ねているんだろう。

お湯を沸かしたり、氷を取り出したり。あれくらいなら俺にもできそうだが、彩華に作ってもらうというのは少なからず嬉《うれ》しかった。

これから過去の話を聞くという状況下でも、素直にそう感じてしまう。

「はい、どうぞ」

「ありがとう！」

クッキーと共に差し出されたカフェオレに、俺は目を輝かせた。グラスからは、ミルクの層とコーヒーの層が視認できる。これをストローでかき混ぜるのが好きだった。

ガムシロップを少量入れてから、傍《そば》においてあったストローをガラスの中でくるくると回す。お洒落《しゃれ》な食器に数枚のクッキー。サクサクとした食感に、カフェオレの仄《ほの》かな甘みが実によく合う――

「お店かここは⁉」

「びっくりした、急にどうしたのよ！」

「いやだって、こんなに快適に過ごせる家なんて俺知らない」

「そ、じゃあ私の家が初めてね。良かったじゃない」

「ありがたき幸せ」

「調子狂うわね……」

彩華は眉を八の字にしてから、苦笑いした。

「もう話していい？」

「え？」

「中学時代の話。志乃原さんから聞いたから、戻ってきたんでしょ」

彩華は頬杖《ほおづえ》をやめて、俺を真《ま》っ直《す》ぐ見た。

思わず背筋を正して座り直す。

「私の高校からの在り方は、きっとあんたも理解してくれてると思う。でも私は中学の頃まで……今よりもうちょっと冷たかった」

その話自体は、別に珍しくもない。

思春期に性格や人としての在り方が変移していくのはむしろ自然な現象だろう。

返答に窮していると、彩華は続けた。

「あんたはたまに、私に優しいって言うけどね。それって、相手があんただからよ」

俺はかぶりを振って、口を開いた。

「他の人にも優しいよ、お前は」

「優しく見せてるだけ。それはあんたも分かってるんじゃない？」

「分かんねえよ」

確かに彩華は榊下《さかきした》の一件を経て、少しずつ周囲へ笑顔を振り撒《ふま》き始めた。

志乃原のかつての認識通り、高二までの彩華からは積極的に合コンに参加する姿を想像できなかった。

それが社交性の塊のような印象を持たれるにまで至ったのは、彩華自身の努力の結果に他ならない。

大学に入ってからは「とりあえず損はないから」と、多くの人と人間関係を構築した。人の価値観を吸収して、見識を広げて。そんな姿を、俺は近くでずっと見ていた。

そこで形成した彩華の人間関係は本物だ。彩華が慕われているのは、『Green』のメンバーからも伝わってくる。だから俺は彩華を尊敬しているのだ。

榊下との一件を経て、彩華は「私は変わる」と宣言した。

変わろうと決意して、本当に変われる心の強い人間が、一体世の中にどれほどいる。

そして変わっても、〝美濃《みの》彩華〟という芯は昔のまま保っているのが、俺にとって最も嬉しいことだった。

「……優しくみせるなんて心持ちで、あんな多くの人から慕われたりするのは無理だろ。それが彩華が優しい証拠にならないのか」

「私はたまたま、自分の思い描く理想像に近付ける器量を持ってただけ」

反論しようとすると、彩華は口元を緩めた。

その表情に、俺は思わず言葉を飲み込む。

「私は今の自分が好きよ。今の自分の方が好き。そう思えてるのは――あんたのおかげかな。そんな今の私を、志乃原さんは嫌悪してる」

志乃原の話を回想する。確かに志乃原は、今の彩華を憎んでいた。

ただ、その感情は昔尊敬していた裏返しということを彩華に伝えたかった。

「あいつは――」

「分かってる。志乃原さん、昔の私が好きだったんでしょ？」

やはり、彩華本人も理解しているようだ。

俺が知っている範囲だけでも、志乃原が嚙《か》み付いた光景は数回見た。

伝わっていて当然かもしれない。

「でも私は何を言われようと戻らないし、戻れない」

彩華は強い口調で言い切ると、一つ息を吐いた。

「あんたが志乃原さんと知り合ったのを聞いた時から、いつかこうなるんじゃないかって思ってた」

「こうなる？」

「今の関係が、崩れる時が来る」

彩華の言葉に、俺は息を呑《の》んだ。

今の彩華からその言葉が出るとは思わなかった。

「私、あんたにずっと良い格好がしておきたかったのね。私自身を見ようとしてくれるあんたに、偽物の姿を見せようとしてた」

「そんなことないだろ」

「あるわよ。だから中学時代の話を一度もしたことがなかったの」

彩華はピシャリと言ってから、天井を眺めた。

シミ一つない真っ白な天井が、彩華を無機質に見下ろしている。

「あんたとの関係を、他人に崩されたくなかった」

……色々合点がいった。

かつて彩華が温泉旅行に誘ってきたのは、他人に崩されるくらいなら自分から崩したいと考えたからなのかもしれない。

　彩華が俺の家に来た際、志乃原の痕跡を親の痕跡へと仕立てたのも、恐らく同じ思考回路によるものだ。

「崩れてないだろ」

「まだね」

　即座に返された言葉に、俺は押し黙った。

　ギリギリのところで保たれているのは、最近の俺も自覚している。

　だがそれを彩華の口から聞くと、胸に応えるものがあった。

「私にできるのは、あんたの望んだものを伝えてあげること。……伝えてあげるって言ったけど、言葉の綾《あや》ね。今は私が話したいの」

　──温泉旅行の際と同じだ。

　彩華は自らの行動で、俺たちの関係に変化が訪れるか試そうとしている。

　今までの言動を鑑みるに、彩華にとって過去を話すのは最後にして最大の起爆剤だったのかもしれない。

「……無理してないか？」

「してないわよ。言ったでしょ？　私、これを機にもう一度変わりたいの。その過程を、またあんたに見ててほしい」

人間、変化を伴う際は精神的にも疲弊するはずだ。

そう何度も変われたら苦労はない。

「人によっては、自分の過去を共有したところで一体何が変わるんだって思うかもしれないけどね。過去を共有して、清算して。それで先に進めることもある。……私はそう信じる」

「次は、どう変わるんだ」

「まだ分からない。でもあんたを、もっと大切にしたいから」

「なんでそこまで……」

俺のために動いてくれるんだ。

言葉にならなかった疑問。

「──せっかく出会えたんだもの」

そう言って彩華は微笑《ほほえ》んだ。

柔らかくて、何処《どこ》か哀《かな》しげな瞳。高校時代、その表情を何度か見た。

時計の針が、止まった気がした。

第10話　親友　～彩華side～

重力が変わったのかと錯覚するような、鉛のような湿気が漂う日。

高校二年生の冬、榊下《さかきした》から告白されて数ヶ月が経《た》った。

刻一刻と私を囲う状況は悪化している。周りから一人、また一人と、一緒に過ごした人が離れていく。

原因は判《わか》っていた。

高一から付き合いがある榊下だ。彼を振ってから、あからさまに異性の友達の表情が変移している。

弱みにつけ込もうとする剝《む》き出しの下心。傍観者の哀れみの目。

窮屈だなと、心底思う。高校という箱庭に閉じ込められた人たち。鳥籠から出たことのない雛鳥《ひなどり》たち。烏合《うごう》になれば揉《も》めるなんて分かり切っている話なのに、この環境を乗り越えなければ大人になれない。

一度ありきたりな鳥籠から飛び出してみたくて、私は部活に入らなかった。贖罪《しょくざい》の意味もあったかもしれない。

確かに中学時代に見えなかった景色はいくつかあったけど、思い描いていた自由があるわけじゃなかった。

対して大学は開放的な場所だと、両親が口を揃《そろ》えて言っていた。何でも、両親にとっては人生で最良の時間だったらしい。二人が交際を始めたのも同じ大学ということがきっかけだったみたいで、だから最良の時間なんて評しているのかもしれないけれど。

今の私にとって、そんな事実か判らない言葉はささやかな希望になっていた。

「何やってんだよ、こんなところで」

「ん」

視線を落とすと、羽瀬川《はせがわ》がこちらを見上げていた。

私が座っているのは、校庭を一望できる塀の上。陸上部の部室の裏側から登ることができる穴場だ。

かなりの高さがあるため、運動部が助走をつけても一息に登れるかは怪しい。

しかも座れるスペースは三人が限度という狭さだから、普段此処《ここ》には誰もいない。

そんなことを考えていると、羽瀬川は助走をつけて塀の上を摑《つか》んだ。懸垂の要領で身体《からだ》を持ち上げ、意外とあっさり私の隣に腰を下ろす。

「へえ、やるわね」

「こっちのセリフだよ。俺の身長でギリギリだったのに、どうやって登ったんだ」

「壁蹴り上げて、二段ジャンプ」

「マリオかよ」

羽瀬川のつっこみに思わず吹き出す。何だか久しぶりに笑った気がした。

「美濃《みの》って運動神経良かったっけ」

「良いわよ。体力テストは常にA」

「まじで？　お前帰宅部だろ、中学時代なんか部活入ってたのか？」

答えようとして、やめた。私の過去を羽瀬川が知る必要はない。

「筋肉ってね、白と赤の種類に分けられるの。私は生まれつき、白い筋肉の比率が高いのよ。白は速筋で、瞬発力に必要な筋肉なんだけど」

「へ？　なんだそれ」

「要は天才ってこと」

「ほへえ」

適当な纏《まと》め方《かた》だったけど、思考停止していそうな返事だったので問題ないと思う。

実際はトレーニングによって赤白の比率を変えられる可能性もあるみたいだけど、質問を躱《かわ》したかっただけなのでこれ以上の言及は意味をなさない。

私は話題を変えることにした。

「羽瀬川はなんで此処に？　部活あるでしょ」

空は茜色《あかねいろ》に染まっていて、放課後になってから数十分経っていそうだ。

羽瀬川は暫《しばら》く考えた後、「サボり」と呟《つぶや》いた。

そういえば初めてまともに喋《しゃべ》った放課後も、羽瀬川はサボっていた気がする。

「サボり好きなの？」

「いや、別に。なんとなくだよ」

取り繕うのが下手だなと思った。

羽瀬川が部活に行かないのは、私のせいだ。

私と一緒にいるせいで、羽瀬川は他の男子との関係が悪化してきている。

男バス内で揉めている姿を見たと、女バスの友達から話を聞いた。

だから昨日一緒に帰らないかと誘って、羽瀬川に謝ろうとした。

私の思惑を知ってか知らずか、断られてしまったけれど。

「なあ、昨日はごめんな」

唐突な謝罪に、私は目をパチクリさせた。

「え？　なにが」

「いや、帰り道。一緒に帰れなかったろ」

思考が被《かぶ》ったことに、心の中で驚く。高校二年生から一緒に過ごす時間が増えてきた友達だけど、似てきているのかもしれない。

　他の男子に同様の気持ちを抱いたことはなかったから、何だか新鮮だった。

「怒ってるか？」

「なんで私が怒るのよ」

　可笑《おか》しかった。今の私と一緒にいても、羽瀬川には何のメリットもない。

　クラスの中心的な榊下が主導となっているのだから、デメリットが大きいのは明白だ。

それなのにまだ私を切り捨てない相手に、どうして怒れるというのだろう。

「私といても、なんのメリットもないでしょ」

「損得勘定を入れんなよ」

「え？」

「友達だろ、俺ら」

　それは確認するような口調だった。

　高校生にもなって、私たち友達だよねなんて言葉を交わす儀式は存在しない。

　でも羽瀬川は確認してきた。意図を測りかねていると、羽瀬川は続けた。

「お前も俺を友達だと思うなら、いつでも頼れ」

「いらない」

　私はピシャリと言った。

「前にも言ったでしょ？　自分を優先してって」

以前にもあった応酬だ。

私が羽瀬川にそう提言したのは、彼が外練で校庭を走った直後。

――自分を優先するのは、人として至って自然なこと。多くの人が無意識の内にしていること。だから自分だけが気に病むのは、不平等だと思わない？

それが、まごうことなき私の本音。そして自分に言い聞かせた言葉でもあった。

羽瀬川はいつもぶっきらぼうな口調だから分かりづらいけど、根は本当に優しい。私を理解しようと、救おうと努めてくれているのを肌で感じる。

だからこそ、ここで突き放しておきたかった。

「私は、自業自得なの。これも前に言った。何度も言いたくない」

「わかんねえよ。何が自業自得なんだ」

羽瀬川はきっと、私は榊下たちに何もしていないじゃないかと主張したいのだと思う。

でも、違う。

私が今の境遇をある種仕方ない話だと受け入れているのは、中学の件があったからだ。

でもこの考えは自己満足だと分かっているし、羽瀬川は巻き込めない。

私は返事をしないまま、塀から飛び降りた。

上から「おいっ⁉」と驚いた声がしたけれど、私は構わず校舎に向かって歩いていく。

羽瀬川が追いかけてくる気配はない。降りるのに手こずっているのかもしれない。それとも私の発言に影響されて、自分の人間関係を優先して関わるのを控えようとしているのか。

――やだな。

そんな思考が脳裏を過《よぎ》り、私はギュッと唇を噛《か》んだ。

嫌だ？　そんな甘えた考え方を持つ資格は、私にはない。

私は自分が人として強いと思っていた。そしてそれ以上に、もっと強くありたいとも思っている。

でもいざ孤立してみると、あの子の気持ちを強く理解できた。

自分を優先した結果、犠牲になった後輩がいた。

当時は然程《さほど》意識していなかったけれど、思い返すと戻りたくなる記憶ばかりだ。

最近は特に、私の頭の中で自業自得の四文字が躍り続けている。

それでも、先程の羽瀬川への対応には僅かに悔恨した。

彼は、私の孤立が進む状況下でも歩み寄ろうとしてくれた。

……助けようとしてくれている人への態度じゃなかった。

意図的なものではあったけれど、あれを即座に行動へ移せてしまうあたり噂《うわさ》通り私は『性格に難あり』なのかもね。

正門へ続く階段を上がりきると、丁度男友達が視界に入るところだった。

視線が合うと男友達はこちらに寄ってこようとしたけれど、隣にいた女子に袖を引っ張られて廊下へ姿を消した。

——情けない。

あの元友達も。そして、私も。

情けないという感情しか出てこない。

冷たい風が刺すように吹いてくる。

私は中学時代のことを思い出しながら、帰路についた。

目の前に現れた木々に葉が一枚もついていないことへ、僅かな物寂しさを覚えながら。

◇◆◇◆

中学時代、私はバスケ部の主将を務めていた。

明美《あけみ》が立候補したいのを知っていたから申し訳ない気持ちもあったけれど、最も実力のある選手に主将を継がせるのが女バスの伝統だった。

私は自分が主将でよかったと思う。

他の人間にあまり興味はないけれど、明美と違い無難に先輩としての振る舞いはできる。

それに、人を纏《まと》め上げるのは純粋に楽しかった。

「彩華《あやか》さ、後輩に甘すぎない？　調子乗ってる人には毅然《きぜん》としようよ」

部室で明美が寝転びながら、私に言った。

副主将の言葉とは思えない。この女バスに調子乗ってる人なんていない。明美の目線は厳しすぎる。

彼女はロングシュートを決めて喜ぶ後輩に、そういった感想を抱くのだ。

「あれくらいは許容して。後輩を伸ばすのも私たちの仕事でしょ」

「なーに言ってんのよ、思ってないくせに」

「知ったような口利かないで」

私がジロリと睥睨《へいげい》すると、明美は暫《しば》し無言になった後、肩を竦《すく》めた。

「ったく、彩華が主将で後輩たちは幸運だわ」

──私から言わせれば、明美が副主将で後輩たちは不運だけどね。

でも私は、そんな言葉を飲み込んだ。

明美との間には一つの暗黙の了解があったからだ。

それは、私たち二人の争いを表面化させないこと。

私と明美はバスケ部内に留《とど》まらず、学年でも目立つ存在だった。

派閥グループという幼稚なものが散見されるのが、私の通う中学校。その環境下で、私たちは異なるグループの中心人物。

私たちが揉《も》めればグループ内の人も巻き込んでしまう。

そしてバスケの試合では協力しなくちゃいけないから、揉めるのはお互いにデメリットしかない。

「こういうやり取りも、来週で最後かもね」

明美の言葉に、私はかぶりを振った。

「来週で引退するつもりはないわ。全国行くのよ、私たち」

「……そうね、弱気になってた」

私たち唯一の共通点は、本気で全国大会を目指しているということ。

だからお互いに多少の不満があっても目を瞑《つぶ》っていた。

私自身が攻撃されたらそんな悠長な思考はできないけれど、現時点の私たちは絶妙なバランスを保っている。

「引退試合は当分先よ」

「……うん」

「……？」

いつもの元気がない。それなのに漠然とした負の感情は伝わってくる。

明美は珍しく落ち込んでいるみたいだった。

先程の乱雑な物言いも、もしかするとストレスの捌《は》け口を探していたのかもしれない。

「何かあったの？」

「いや、別に」

「……曲がりなりにも、あんたとは二年一緒にいるの。分かるのよ」

私がそう告げると、明美は小さく息を吐いた。

「多分彩華には分からない」

「そんなことない……かもしれないでしょ」

大抵のことには回答できると思う。

でも言葉が尻すぼみになったのは、明美がフラれたことを知っているからだ。

恋愛に関する相談なら、良い答えを出せる可能性は低い。

明美は私に視線を投げた。

明美の切れ長の瞳は、人によっては恐怖心を感じるかもしれない。でも私は、たまに彼女の瞳に哀《かな》しさの色が宿ることを知っていた。

「漠然とした話だけどさ。私、勝てない人がいるのよね。全力出しても、絶対勝てないの」

「ふうん」

ジャンルが分からないので、そんな返事しかできない。

でも何となく恋愛についての話かなと思った。

「彩華だったらどうする？」

「私？」

いきなり話を振られて、少しばかり戸惑う。

でも明美の眼差《まなざ》しは至って真剣で、私は顎に手を当てた。

「勝ちたいジャンルで勝ちたいってことよね？」

私の問いかけに、明美は無言で頷《うなず》いた。

「だったら、努力しかないわね。何よりも自分を高めることに集中して、他のものは捨てられるだけ捨てる」

「捨てるんだ」

明美は意外そうな顔をした。

「うん。良い高校に進学したいなら、勉強のために遊ぶ時間を。バスケで全国大会に行きたいなら、練習のために遊ぶ時間を」

「遊ぶ時間ばかりじゃん」

明美の言葉に、私は苦笑いをしてみせた。

「だって、捨てられるものってそれくらいしかないじゃない」

「……でも今の言葉だと、私たちはバスケのために友達も捨ててることになるのよね。土

ない。

「んー……うん、確かに。ある意味、土日に遊ぶ友達も捨ててるのかな」

普段の朝練や放課後練、土日練。夏休みや冬休みだって、バスケ部には休みなんて殆《ほとん》ど日練とか特にさ」

明美の言う通りだと思った。

「人間関係も、捨てる要素の一つなのかもね。ちょっとだけ極論だけど」

「勝つためには、何かを捨てなきゃか。彩華がそうしてるなら、私も見習わなきゃね」

「私とは条件変わらないじゃない。同じ部活なんだから」

「その条件も変えようと思えば、変えられる」

明美は静かに言うと、腰を上げた。

「ありがと。何かスッキリした」

「なによ、改まって」

「彩華と知り合えてよかったわ」

私は思わず、目を瞬かせる。

明美は負けん気が強く、この先友達になるのは難しいと思っていた。それでも大きな目標があるという共通点があれば、いつかは分かり合えるのかもしれない。

「そういうのは、全国行ってからにしよ」

「念のためよ」

明美はそう言い残して、部室を後にした。

バスケ部を引退しても、上手《うま》くいくかもしれない。

――引退試合までは、そう楽観的に思っていた。

県大会二回戦。

相手は年下のエースを要した強豪校。接戦ではあったけれど、私たちがいつも通りに機能していれば勝つのは難しくない試合だった。

予定通りうちが常に試合をリードしていたけれど、やがてジワジワと点差が縮められていった。

明美の不調がその原因だった。明美は1 on 1でディフェンスを抜いても、肝心のシュートが入らない。ロングシュートだって殆どリングに弾《はじ》かれている。

特にこの第3Qが酷《ひど》く、私たち二人を特に警戒していた相手ディフェンスはやがて明美へのマークだけを緩めて、代わりに常に私が1対2の状況を強いられる。

今までもダブルチームでディフェンスされることはあったけど、研究されているのか思うようにマークを外せない。

堪《たま》らず監督は、タイムアウトを使い切ってしまった。

第３Ｑが終了しベンチに戻る際、チームメイトの顔を窺《うかが》う。友梨奈《ゆりな》も明美の不調に気が付いていたものの、何も言えない様子だった。

「明美」

息を荒らげる彼女に声を掛ける。

体育館のコートを何往復も全力で駆けるバスケットボールは、体力の消耗が激しいスポーツだ。それを踏まえても、彼女の消耗具合ではチームとしてこの悪い流れを変えることは難しい。

「志乃原《しのはら》さんと交代して」

「……は？」

主将としての指示に、明美は眉を顰《ひそ》めた。

私が彼女に交代を迫るのは初めてだったから、信じられないようだった。

「交代。今の明美じゃ、この試合落としかねない」

監督も運動部の顧問とは思えないほど気弱だし、同学年のチームメイトも明美という存在を御し切れない。

私しか言えないことだから、ハッキリと言葉にしないと明美には届かないと思った。

交代選手の名前に志乃原さんを出したのは、明美自身が彼女をシックスマンへ推薦したからだ。

私から見れば志乃原さんもまだまだ実力は足りないけど、体力が温存されている分今の明美よりは機能するはず。

「志乃原さん」

私が呼ぶと、後輩は緊張した面持ちで「はいっ」と返事した。

「明美と——」

「待って」

明美の制止に、私は出し掛けていた言葉を一旦飲み込む。

インターバルの時間は二分しかない。既に残り僅かだ。

明美の次の発言が何であろうと、決断を迷う暇は残されていない。

「確かに、志乃原が中に入る方がいい。でも、萌《もえ》が私以上に疲れてる。萌と交代させた方が、勝率上がるわ」

ブーッと、試合再開を知らせるブザーが鳴った。

判断するのに、もうあと数秒しか掛けられない。

確かに萌も、明美と同様激しく消耗しているように見えた。それでも私が明美を交代させたかったのは、調子を落とした彼女がコート内にいると決まってチームメイトの空気が重いからだ。

だけどそれが試合の勝敗に直接関わる要因になる可能性は低い。懸念点ではあるけれど、萌が交代を希望すれば、それを撥《は》ねつけるほどの説得力にはなり得ない。

「私、交代したいかも」

気の弱い萌は、明美がそう発言したことで折れてしまったようだ。

私は観念して、首を縦に振った。

「……分かった、萌と志乃原さんが交代。それから友梨奈と志乃原さんはコート内でポジション交代、相手マークを変える。志乃原さんは慣れてるポジションに置くから、積極的に速攻かけて。友梨奈は明美のディフェンスへスクリーンかけて、明美にスペース作ってあげて」

一息に指示して、私は「行くよ！」と鼓舞した。

リードは4点。相手選手が躍動したら、こんな点差はあってないようなものだ。

でも今がきっとチームの最も悪い状態。ここから上がるしかないのなら、再度点差を広げて勝利を摑《つか》むのは難しい話じゃない。

志乃原さんが緊張しながらも、どこか高揚した面持ちでコートに入っていった。

「頼もしいわね」

明美がそう呟《つぶや》いて、志乃原さんの後を追う。

声色に暗い感情が宿っていそうなのが気になった。

もしかしたら、私が今しがたのタイムアウトでできることは他にあったのかもしれない。むしろ他の処置をしなければいけなかったのを見逃した気がしてならなかった。

――その認識が正しかったと確信したのは、志乃原さんが最後のシュートを外した時だ。

調子を落とした明美は、志乃原さんに積極的にボールを回した。

志乃原さんも精一杯自分の仕事をしようと努めていたけれど、スキル不足、そして明美のパスの精度が問題で、逆転された点差は全く縮まらなかった。

明美のプレーの質は、時間が進むにつれ悪化の一途を辿《たど》った。

最後の数分は勝負に匙《さじ》を投げたようなプレーを繰り返していたし、志乃原さんの身体《からだ》も終始固いまま。

私も二人のディフェンスに抑えられてしまっていたから明美や志乃原さんだけの責任じゃないけれど、明らかに二人がいつも通りのプレーを発揮できていなかった。

試合が終わるブザーが鳴り、コートへ整列する。

負けても涙は全く出ない。

勿論《もちろん》ショックはある。でも何だか信じられない気持ちの方が大きくて、実感が湧かなかった。

そして今は敗北の悔しさに浸るより、今日の後処理に頭のリソースを割かなければいけなかった。

ここで負けるとは思っていなかったから、最後の挨拶なんて全く準備していない。

……喋《しゃべ》りながら考えるしかない。

部活に入るからにはと掲げた大きな目標が達成できなかったことについて、何か話そうか。他のチームメイトが目を潤ませている状況で冷静な思考を巡らせている自分が、少し怖い。

ふと、志乃原さんと目が合った。

何かを訴えかけようとしている、そんな視線だった。

――ああ、そういうことか。

明美を振った宮城《みやぎ》が、志乃原さんに告白したことは耳に入っている。

明美の言ってた勝てない人って、志乃原さんのことだったんだ。

確かに私は勝つためには何かを捨てたらと言ったけど。

とはいえまさか、試合に私怨を持ち込むなんてね。

……志乃原さんも大変ね。

私が持った感想はそれだけだった。

明美の愚行を察したけれど、彼女に確かめようとは思わない。

これが事実だとしても、もうチームの敗北という結果は覆ったりしないから。

引退していくチームメイトたちに余計なショックを与えるより、粛々と事を済ませたい。

私と志乃原さんは、特に親しい間柄という訳じゃない。彼女はたまに雑談をするだけの、一後輩。

私にとっては一後輩の視線に応じるより、他の多くの部員の方が大切だった。

ここで引退する私たち三年生。試合に出られなかった人、ベンチメンバーにさえ入らなかった人。

そんな人たちに報いることができなかった。……私が明美を止められなかったせいで、こんなところで。

でも今はその気持ちを胸に秘めて、感謝だけを伝えたい。

自己満足かもしれないけれど、私はそんな自分の気持ちを優先したい。

私は志乃原さんから視線を外し、他の部員一人一人に声を掛けていった。

観客席には、ベンチメンバーに選出されなかったチームメイトがいる。

今日が最後なんだ。

やっとそんな実感が湧いてきて、私も唇を噛《か》み締《し》めた。

結局私も、相手ディフェンスから逃れられなかった。

確かに明美のプレーは杜撰《ずさん》だったけど、敗因は決してそれだけじゃない。

殆ど皆《み》んな泣いていた。

実力主義の部活にも、心は宿っていた。そんなチームを作れていたことに嬉《うれ》しさを感じつつ、私は最後に明美の前に立った。

明美の周りには、誰もいない。

副主将の傍《そば》に一人も寄らない光景は、どこか異質だった。

「今までありがと」

「……なんで怒ってないのよ」

「これで終わりだからかな」

「はは、分かってないんだ」

明美は自嘲気味に笑う。

「……あんた、性格悪いよ」

明美の言葉を無視して、私は顧問に挨拶しに行った。

頭の中で、あんたには言われたくないと返事をしながら。

志乃原さんのことは、もうすっかり頭から抜け落ちていた。

◇
◆

「彩華」

「ん？」

バスケ部を引退して暫く経ったある日、私は廊下で友梨奈から呼び止められた。

西野《にしの》友梨奈は、現役時代背番号6を付けていたスタメン。クラスメイトでもあり、私と最も親しい間柄だった。

「聞いた？　バスケ部の話」

「志乃原さんが辞めたって話？」

「そう、それ。真由《まゆ》を主将に任命したの、彩華でしょ。何か知らないの？」

「知らないかな」

正直なところ、あまり興味も持てなかった。

今は中学三年の九月。

高校受験が確実に迫ってきているという焦燥感が、学年全体に浸透してきている頃だ。

私も今までバスケに明け暮れたツケを払うことになり、あまり心に余裕はなかった。

志望校は充分射程圏内だけど、学年全体の雰囲気に流されているのかもしれなかった。

コツコツ勉強をしていなかったらきっと更に余裕を持てなかったと思う。

それは友梨奈も同じだと思っていたけれど、心根の優しい彼女は周りに気を配る余裕を残しているようだ。

「私、真由に話訊《き》きにいこうと思う」

「そう。あんまり入り込みすぎないようにね」

返事をすると、友梨奈は私の頰《ほお》をつねった。

思わず「ふがっ」と声を上げる。私に対してこうしたスキンシップをするのは友梨奈だけだ。

「なに言ってるの。真由について、変な噂《うわさ》も回ってる。流した人が誰か、彩華になら判《わか》るでしょ？」

「し、知らないわよ。下級生のいざこざに興味ないもん」

「なんでそんなこと言うのっ」

友梨奈は怒ったように鼻を鳴らした。

確かに少し冷たい言い方になってしまったけれど、興味がないのは事実だった。部活現役中なら主将として然《しか》るべき対応をするのは当然だ。

でも受験生になった身で自分に影響のないいざこざに時間と体力を費やすのは億劫《おっくう》だった。

勿論友梨奈に関しての悪い噂なら話は全く別だ。

恐らく私は激昂《げきこう》し、彼女を守るためにあらゆる手を尽くすと思う。

その根源を叩《たた》いて、絶対に同じ真似《まね》をしないように正すに違いない。

でもそれと同じ行動を、部活が同じだけの後輩にするかと問われたら否定する。

私の取ろうとする行動は良くも悪くもリスクを伴う。

内申点が重要な時期というのも重なって、友梨奈と一後輩では私の考え方は正反対になってしまう。

「じゃあ、様子だけ見てみようよ。それから考えよ？」

「もう、お人好《ひとよ》しね」

「そんな私が好きだって、前に言ってくれたじゃん」

友梨奈は次の私の答えが見えているようだ。見透かされていることに対しての不快感はなく、むしろちょっとだけ嬉しかった。

――まあ、いいか。

友梨奈がここまで食い下がったのは記憶にない。それほど意志が堅いなら、友達として力になってもいいかもしれない。

「……分かったわよ、友梨奈の頼みだし協力してあげる」

「ほんと!?　さすが彩華！　もーなんだかんだ、最後は付いてきてくれるんだから！」

抱きついてくる友梨奈から逃げようとしたけれど、結局捕まってしまった。

いつも数秒で終わるから、大人しくしとこうかな。

でも今日だけはやたら長くて、首を捻《ひね》った。

「ねえ友梨奈、苦しい」

「ごめん、もうちょっとだけ」

「……仕方ないわね」

私は友梨奈の頭をポンポンと軽く触る。

中学一年生の時からの付き合いだけど、きっと彼女とは大人になってもこの関係が続くのだろう。

友梨奈は、私に足りないものを持っている。具体的に何かは分からないけれど、それを自覚した時に成長できる気がしていた。

「――大人になっても、よろしくね」

そう言うと、友梨奈は私から離れた。

「もちろん！」

いつも通りの笑顔だ。

それから表情は硬くなり、「えっとね」と歯切れの悪い言葉を紡ぐ。

「……だから今日は、真由のこと、頼んでいいかな」

「だから、これから行くんでしょ。友梨奈の頼みだもん、私にできる限りのことはするから」

友梨奈は私の返事に、目尻を下げて頷《うなず》いた。

二年生の教室が集まる廊下へと降りると、三年生のそれとは全く別の空気が流れている。友梨奈と歩いていると、全身に様々な視線を感じた。上履きの色で私が三年生だというのは一目瞭然だし、悪目立ちしてしまっているかもしれない。

「あっ」

友梨奈が小さな声を上げたので、その方向へ振り返る。

志乃原さんが、女子グループと雑談しているのが視界に入った。

なんだ、普通じゃん。

そう言おうとして、違和感を覚える。

志乃原さんは何処《どこ》か疲労している表情だ。

他人なら、その変化に気が付かないかもしれない。でも私は主将として、一年以上彼女を見てきた。最後に見ないフリをしたことがあの表情に繋《つな》がったのだと思うと、罪悪感がチクリと胸を刺した。

志乃原さんは私に積極的に話しかけてくる、珍しい後輩だった。

友梨奈によると、どうも私は近寄りがたいオーラを放っているようで、他の後輩は喋《しゃべ》りかけづらいと思っているらしい。

そう伝えられてから、たまに自分から後輩へ話しかけるように心掛けていたけれど、結局雑談する仲になったのは志乃原さんだけ。

時折異様な雰囲気を放つのが印象的な後輩だった。

「あれ見て、何も思わない？」

三年生の廊下に帰ってきた後、開口一番で友梨奈は訊いてきた。

罪悪感を誤魔化したかったけれど、素直に認めた。

「思う。……明美かな」

私は明美を止められなかった。

それが部活を引退してからも尾を引くなんて思ってなかった。

志乃原さんのあの表情を作ったのは、ある意味私だ。

友梨奈は僅かな時間俯《うつむ》いて、静かに口にした。

「結局私は、弱いから。私が動いても、きっとどうにもならない。……こんな思考回路だからどうにもならないのかもしれないけど」

「そんなことないわよ。友梨奈が動いて、私がその気になったんだから」

そう言うと、友梨奈は目を瞬かせた後、嬉しそうに笑みを溢《こぼ》した。

「ありがと。彩華、やっぱり優しい」

「優しくない。私が良くするのは、友達にだけよ」

「友達かぁ。最初ノリ気になってくれなかったのは、真由が彩華の友達じゃないから？」

「言葉にされると角が立つけれど……遠くはないかな」

「じゃあ、私が理由を考えてあげる」

「なにそれ」

私が笑うと、友梨奈は構わずに続けた。

「彩華が後輩を纏《まと》めやすかったの、真由がいたからっていう理由もあるかもしれない。下級生の中心人物が彩華を慕ってたから、みんな彩華を好きだった」

「その借りを返すって話ね。……分かったわ」

「うん。借りをそのままにするのは彩華の性分じゃなさそうだし、巡り巡って彩華のためになるかなって」

志乃原さんに借りを返す。それは私の理性に働きかける一要素に過ぎない。

でも既に本能は友梨奈の頼みだからと納得できていたから、その一要素が重要だった。

我ながら面倒くさい性格だなと、心の中で苦笑いする。

「ねえ、この際だから訊いていいかな。彩華ってさ、実は友達少ないよね？」

「傷付くんですけど？」

「あっいやっ、ごめんそうじゃなくて。彩華自身が友達って認める人、あんまりいないなって……あはは、私も一方通行かなって思ってた時期あったし」

その言葉に、私は今度こそしっかり苦笑いした。

初めて友梨奈に話しかけた時、「なんで私なんかに？」なんて卑屈な返事をされたのも私が原因だったんだ。

本人が覚えているか定かじゃないけど、私はあれがきっかけで他人に接する際はキツい態度をとらないように心掛けてきた。

おかげで、最低限の人間関係は形成できた。期待される頻度も高くなった気がするけど、話す相手が増えるのは嬉《うれ》しかった。

「友梨奈、私が友達と認めるなんて言い方はやめてよ。勝手に私を上げないで。私も一人は寂しいんだから」

「そうなの？　彩華って話し相手は欲しがってても、友達自体には興味なさそう」

ちょっとだけ図星だったけど、違う部分もある。

「私は友梨奈みたいに、良い友達を作れないだけ。相手の話聞くのは人並み以上にできるかもしれないけど、それだけじゃ足りないみたいだし」

相手の話を上手《うま》く聞いてあげると、心を開いてくれる。

でも自分の話をしないと、こちらは心を開けない。この差異が友達作りの障壁になっていることは理解している。なのに、その障壁を突破するモチベーションは足りなかった。

「そんなに難しく考えなくても……」

「私にとっては難しいのよ。友達は、そりゃ欲しいけど」

……勢いで本音を喋ってしまった。

友梨奈とは学校生活で多くの時間を共にしても、こうした価値観の話をする機会は皆無だった。

でも目の前の友梨奈は嬉しそうな顔をしているし、今のは良い選択だったみたいだ。

「そっか。彩華も、友達増やしたい気持ち自体はあるんだ」

「友達っていうか、そうね。友梨奈みたいな良い人が周りにいてくれたら、今より学校生活楽しめそうだなって思うかな」

照れている自分がいて、少しびっくりした。

私は周りをどこか達観して眺めてしまう癖がある。

達観と呼べば聞こえはいいけれど、物事に心底感情移入できないのは心の何処かが欠落しているからだ。

友梨奈と一緒にいると、その部分を補ってくれる気がする。中学校も楽しいものだと、そう思える。

友梨奈は頬を緩めてから、人差し指をピンと上げた。

「じゃあアドバイスしていい？　私が贈る、最初で最後のアドバイス！」

勢いに押されて、私は思わず背筋を伸ばす。

「はい、友梨奈先生」

私が戯《おど》けると、友梨奈は顔を赤くしながらも凛《りん》とした声を出した。

「相手を慮《おもんぱか》る気持ちを、常に持つ。それだけで良い友達は増えるよ」

「慮る？」

「そう、慮るの。パフォーマンスじゃなくて、心から優しくするの。彩華は強いんだから
——バスケとかじゃなく、人として強いんだから」

友梨奈のいつになく真剣な面持ちに、私は口を噤《つぐ》む。

彼女の言葉をもっと聞いておきたいと思った。

「芯がブレないところ、私好きだよ。ほんとに、心底憧れる。でもその芯をもうちょっと優しい場所に置いたら、きっと変われる」

「簡単に変えられないから、〝芯〟なんじゃないの？」

「うん、私もそう思う。彩華のことだし、メリットないと動きにくいよね」

私のことをよく理解している言葉に、口元を緩めた。

理解者からの提言は、素直に受け止めようと思える。

私にとって、友梨奈は必要不可欠な存在だ。

「彩華自身が優しくなれば、もっと良い人に巡り会える」

「ほんと？」

「そうだよ。類は友を呼ぶって言うじゃん」

「そのことわざ、あんまりプラスの意味で使ったことないんだけど」

私が言うと、友梨奈は「私もそうかも」と笑った。

「でも、ほんとなの。最初から優しい性格の人に巡り会うんじゃなくて、自分の優しさが相手に伝染するんだよ。相手も、優しさで返してくれるようになる。そうするとほら、周りには良い人が増えるでしょ？」

友梨奈は天井を見上げて、唄《うた》うように言葉を紡ぐ。

「私も同じ言葉、お父さんから貰《もら》ったんだ。半信半疑だったけど、今では本当なんだって信じられる」

「なんで？」

「彩華が隣にいてくれるからだよ」

柔和な笑みに、私は出しかけた言葉を飲み込んだ。

「彩華、中一の時からカリスマだったじゃん。大人びてて、綺麗《きれい》で、成績良くて、バスケ上手くて。こんな人が同い年なんて信じられないって、きっと皆《み》んな思ってた」

「そんなこと――」

「彩華、最初は怖かった。周囲の誰にも期待してない目してた。きっと自分が無意識に設定したハードルを越えてくれる人がいなかったんだよね」

幼少期を想起する。

期待するのに疲れていた。他人の結果に感情移入して、残念に思うのに疲れていた。自分が貴方《あなた》の立場なら、もっと上手くできた。そんな思考回路が傲慢だということに気が付くと、周囲に関心を払うのはデメリットが多いと判断した。

人に期待するのをやめたら、随分と楽になっていた。

物事を俯瞰《ふかん》して見れば、大抵の出来事には感情を揺さぶられずに済む。でも、その思考も変えた方がいいのかもしれない。友梨奈は私の心に熱を与えてくれている。

こんな存在が友達だというのなら、その総数を増やす毎《ごと》に私は幸せになれる気がした。

「自分の周りを変えるには、まず自分自身が変わらなきゃ」

友梨奈は私の髪をそっとすいた。

髪を触られるのは苦手だったけど、友梨奈の手は払う気にならなかった。

……うん。友達、増やしてみようかな。

「私が言っても説得力ないかもしれないけど……彩華が根っこの部分を自然に見せられる相手ができたら、きっとその相手は常に彩華を理解しようと努めてくれて、彩華のためなら自分も犠牲にできちゃうくらいの人になってくれる」

「なにそれ。それは友達の枠越えてるわよ」

友達の定義にもよるけれど、私にとってそれは別の枠組みだ。

先程私は、友梨奈に対してリスクを伴ってでも助けたいと思ったから、もしかしたら彼女も別枠なのかもしれない。

友梨奈は暫《しば》し考えを巡らせるように黙った後、口を開いた。

「うん。じゃあ、親友かな」

……親友か。悪くない響きだ。

今までの人生で、親友と呼べる人はできたことがない。

自分の全てを受け入れようとしてくれる人なんて、本当に存在するのだろうかとさえ思っている。

私に一方的な期待を持つ人はいるけど、そうなってしまえば親しくはなれない気がした。

でも親友という単語を出した友梨奈は、それに当てはまらないのかな。

友梨奈なら、私が知り合った友達の中で最も別枠に近い存在のような気がした。

訊くと、友梨奈は哀《かな》しそうにかぶりを振った。

「私は親友にはなれないよ。だって……」

尻すぼみになったけど、友梨奈の言葉は最後まで続いた。

「親友って、相手のために自分を犠牲にできるような関係だもん。私、そんな勇気ない」

何だかいつもの友梨奈と違う気がした。

悪い意味ではなくて、どちらかというと良い意味だ。

今日の友梨奈はいつもより、自分の思考を明け透けに喋《しゃべ》っているように見える。

そう思ったけど、これはただの直感であり何の根拠もない話。

また今度訊けばいいかと再考し、私は口を開いた。

「……ま、ひとまずやることやっちゃいましょうか」

友梨奈の文言通りなら、志乃原さんを助けるのは巡り巡って自分のためになるということ。

今まで私は自分を優先してきた。

これから起こす行動も、根本は変わらない。

それに志乃原さんに対して、多少の罪悪感は出てきた。これが人として真っ当な感情だと思うと、何だかホッとする。でもそれと同時に、未《いま》だに引退試合後の選択を後悔していない自分もいた。

人の気持ちを真剣に考えられるような性格になった時、私はきっと悔いるんだろうな。

それから私は噂《うわさ》を抹消するために、部活の後輩一人一人の認識を丁寧に改善させていった。

下級生の中心人物と関係性の深い同級生に接触。なるべく最小限の人数へのコンタクトに抑えつつ、最大限の効果を。

私たちの行動を早い段階で明美に悟られてしまっては、意味を成さない。明美には全てが終わってから、私から直接問いただす。

そして数週間、状況が変移するのを待った。

友梨奈から噂が消えていっているのを確認してから、明美へ相対した。

これで言うことを聞いてくれなかったら面倒事へと発展した可能性もあったけれど、明美も受験を考慮して大人しく引き下がった。

志乃原さんを囲む状況は、これで一段落。


——友梨奈が転校したのは、その矢先だった。


私には、全くその素振りを見せなかった。

……いや、違う。

私が気付けなかったんだ。友梨奈の変化に気付こうとしなかったんだ。

確かに友梨奈に対していつもと違う印象は抱いたのに結局何も行動に移さなかった。

友梨奈は、自分を理解してくれようと努める存在が親友だと言っていたけれど。

友梨奈が私を親友だと言わなかったのは、私が彼女を理解しようと努めていないことを暗に伝えてたのかもしれない。

「……でも、友達だよ」

間違いなく、友達だった。

その枠組みだけでは、足りなかったんだろうか。

友梨奈との連絡手段はメールだけ。でも何の前触れも感じ取れなかった以上、こちらから連絡するのは憚《はばか》られる。

――想《おも》いが一方通行になるのって、こんなに怖いんだ。

きっと私は、何人もを同じような気持ちにさせていた。

友梨奈は最後に、そう伝えたかったのかな。

瞳が潤んできたのを自覚して、私は驚いた。

泣きそうになったことにではない。友達が離れていくことが、こんなにも哀しい。この感情を抱けるのは、きっと幸せなことで。

一方通行と自覚してしまうのは、哀しいことだ。

……次に、親友と呼べそうな人が現れるなら。

私はその人のことを、理解しようと努めよう。

多少違和感を覚えても何も訊けなかった。同じ過ちを繰り返したくはない。あそこで何か言葉を発していれば、結果は違っていたはずなんだ。

いつか現れてくれるかもしれない、まだ見ぬ親友。

表情から心を読めるみたいな関係性になれたら、それこそが理想型なのだろう。

友梨奈が与えてくれた価値観を、私は大切にしていきたい。

全てを友梨奈の言う通りにするつもりはないけれど。

――遠くから見ていてね。

友梨奈がいなくなる代わりに、良い人に巡り会うという一点だけは頑張ってみるから。

引退試合には流れなかった涙が、瞳から溢《あふ》れた。

◇◆

高校を出てから一体どれくらい経《た》っただろう。

この歩くペースでは、家までまだ掛かりそうだ。羽瀬川の制止を無視した足は、いつもより重い。

私の数メートル先の地面から濃褐色へ変色した枯葉が舞い上がる。

かつてはあの枯葉たちも瑞々《みずみず》しい緑に輝いていたはずだ。


――中学時代を想起し終えた私は、自嘲的な笑みを浮かべた。


志乃原さんより自分を優先して、一時彼女を見捨てた。

でも事が収まった後に時折校舎で見かける志乃原さんからは、怨恨を感じなかった。

きっと志乃原さんはまだ私を好いてくれていたんだろう。

……理由は全然分からないけど、私を見る彼女の瞳は何故《なぜ》かいつも輝いていた。希望と期待に満ちた瞳に戸惑ったのは一度や二度じゃない。

人に期待されるのはよくあることだったけど、志乃原さんの瞳の奥には他とは違うものを感じていた。

まるで人生そのものを私に預けようとしているような、不気味な感覚な気がして。

でもあの引退試合で、それらの推察は全て捨て置いた。

引退すれば私と志乃原さんは関わりが無くなる。

元部活の後輩という括《くく》りは、かつての私の中で優先順位は決して高くなかった。

……友梨奈の言う通り、私は人に冷たすぎた。

友梨奈が転校して孤独を感じ始めた時、やっと私は志乃原さんの痛みの一部を理解して。そして榊下から孤立させられて更に理解が深まって今の私には、そう思うことができている。

とはいえ、今更取り返しがつかないのも理解している。

友梨奈のお陰で多少の償いはできたけれど、まだ足りない。

——その時、携帯が鳴った。

メールを知らせる音だった。

『美濃、元気か？』

「…………榊下」

久しぶりの彼からのメールに、眉を顰《ひそ》める。

……そうだ。

頭が疼《うず》く。

私は自業自得だと、志乃原さんを見捨てた報いだと、この状況を受け入れようとしていた。

　ここまで周りを敵に固められた経験なんてなかったから、気力を削《そ》がれていたのも事実だ。

　でも、思い出した。

　私は意地を張らなくちゃいけない。

　あの子に報いるためには、私は〝私〟を捨ててはいけない。

　私は一人で、この境遇と戦わなければいけない。

　きっとそれが、あの子の想う〝美濃彩華〟だから。

　榊下に真っ向から戦うのが、きっとあの子が描く私の人間像なのだから。

　榊下に嵌《は》められてからは、女子を巻き込みたくなくてあえて彼に逆らうことはしなかった。強者に逆らえない気持ちに向き合い続けることが、私なりの中学時代への贖罪《しょくざい》のつもりだった。

　でも中学時代の私なら、そんなことは考えない。

　明美との冷戦とは訳が違う。私自身が攻撃されている状況に陥ったら、きっと何を犠牲にしてでも反撃していたはずだ。

　周りの人間よりも何よりも、最も優先すべき対象は自分。

　その心根は今でも変わらない。

考えているうちに、フツフツと黒い感情が胸の内を渦巻いてくるのを感じた。

私なら、理不尽な理由から孤立させようとしてくる榊下を陥れることもできる。

…………多少の犠牲を払っても。


最悪の選択肢が脳裏に浮かんで、私は携帯を開いた。

この勢いで事を成せば、立場は逆転する。一瞬で算段はついていた。もしかしたら私は孤立が進むこの状況下で、無意識のうちに対抗策を思案していたのかもしれない。

それは榊下の尊厳を踏《ふ》み躙《にじ》る行為。

でも構わないと、口元を歪《ゆが》めた。

今まさに自分を攻撃している人を慮るほど、私は優しくない。

いくら人間が理性を手に入れているからといって、自分を危機に陥れようとする存在を排除するのは生物として当然の帰結。

……これが本当に志乃原さんへの贖罪になるのかは、既に頭から消えかかっていた。結局贖罪という言葉を盾にしているだけで、元来私は性格に難があったんだ。

ほんの一瞬、友梨奈の顔が脳裏に過《よぎ》った。

「……ごめんね」


やっぱり、私は優しくなれない。

中学時代より性格を和らげた自覚があった。意図的に変えたけれど、案外板についていたようで楽しかった。

そして確かに、中学時代より友達は増えた。

でも私が他者を慮った結果、男子たちにいらない期待をさせて、自分が孤立した。

こんな結果、友梨奈も私も望んでいない。

私が望んだのは、友梨奈のような気心の知れた友達。それを越える親友という存在。

叶《かな》わないのなら、〝私〟を中学時代に戻してもいいだろう。

いや、戻すべきだ。


——いつでも頼れ。

目を見開いた。

……羽瀬川。

時間が止まる。

さっきの羽瀬川の表情、声が、頭に響き渡る。

あいつ、私に巻き込まれてるくせに……無理して私に近付いて。

これ以上巻き込みたくないから避けていたけど。

自分より、私を。

もしかしたら、あいつが私の——

「……やめた」

携帯の電源を落として、私は息を吐いた。

思わず笑ってしまいそうになる。

私、どうしたんだろう。

……友梨奈。まさか異性が、それになるなんてね。

思えば私、あいつの変化には敏感だった。

何かあったら気付けるようにと、無意識のうちに表情を観察していた。

志乃原さんへの罪悪感はまだ燻《くすぶ》っているけれど。この先再会するか分からない人に自己満足な贖罪をするより、今目の前にいる人を。隣に座ろうとしてくれるあいつに報いたい。

「私、〝私〟を捨てる」

言葉にして呟《つぶや》くと、胸の内に支《つか》えていたものがスッと軽くなった気がした。

携帯の電源を再度つけて、画面を覗《のぞ》く。

榊下へのメールに、こう返信した。


『久しぶり！　メールくれて嬉《うれ》しい。元気だよっ』


自分で打っておいて、らしくないなと思った。

でも、これでいい。

あいつに迷惑をかけるくらいなら、これで。

ねえ、羽瀬川。

私があんたと親友になってみたいって言ったら、笑うかな。

もしそんな関係になれたのなら——あんたは、私が守るから。


いつの間にか立ち止まっていた私は、また歩き出す。

目の前には、葉が一枚もない木々が立ち並んでいる。

でも私は知っている。

この木々たちが、春には桜を満開に咲かせていることを。
私は、知っているんだ。

第11話　今の俺にできること

秒針の進む音が、１ＬＤＫの空間を支配している。

互いが無言になってから、数分程度の時間が過ぎていた。

彩華《あやか》の話を聞いた俺は、一旦無言で間を置いた。彩華はそれから一言も発していない。

俺が何かしらの結論を出すまで待っているつもりだろう。

志乃原《しのはら》との一件は、少しばかりの驚きがあった。志乃原の話とも整合性があり、二人の想《おも》いのすれ違いが生んだ結果といえる。

確かに彩華にも非はある。俺の知っている高校時代の彼女なら、多大な労力を費やすことはしなくとも、その場で最低限の行動に移すような人情があった。

だがそれは中学時代を省みて成長した結果であり、かつての彩華は非情な一面もあったということ。

人は過去を省みることで成長し、強い大人になろうとする。実際彩華は中学時代を経て成長したのだから、それ以上は考えても仕方ない話。

……仮に俺が外野から見るだけの存在ならば、これで済ませていた。

皆《み》んな表面上は見て見ぬフリをするのなら同罪だと宣《のたま》うだろう。それが正しいし、俺だって表向きはそう言う。

だが一度だって見て見ぬフリをしなかったという人間は少ないはずだ。

中学の一件を別としても、何事も黙認が悪だとは限らない。

個の黙認に留《とど》めておくなら、自身を守るためのその判断も責められないと思う。人間は自己防衛のために、時に非情な判断を下す。思春期なら、きっとそれが特に顕著だろう。

知り合いとはいえ、親しくない人同士のいざこざに進んで仲介しに行かなければ罰せられるのは、少しばかり酷な話だとさえ感じた。

当事者の顔を知らなかったら、俺はそんな結論を出して思考を止めていたはずだ。

俺はその現場に遭遇した訳ではない。当時の彼女たちの顔さえ知るところではないのだから、今できることなんて殆《ほとん》どない。

そう、殆《ほとん》どであって、ゼロではない。

高校時代の彩華は、あえて言う必要はないだろうと俺に過去の話をしなかった。

俺が彩華の立場でも、同様の対応をとっていたかもしれない。

一変した環境下で過去をリセットし、新しくなった綺麗《きれい》な自分で再スタートを切りたいと思うのは自然な感情だ。

彩華はその感情と向き合った上で話してくれた。

だからこそ俺も応えなければならない。

「なあ」

俺が声を掛けると、彩華は顔を上げた。

表情は——思いの外いつも通りだ。

少しばかり目を伏せているものの、そこに劇的な変化はない。

「この前大学に行く道中にさ、お前俺に言ったよな。自分を優先するのが普通って」

駅前で待ち合わせをした、雷が落ちた日のことだ。

あの時は特に気に留めていなかったが、思い返せば彩華は時折その言葉を発していた。

何か重要な局面が訪れる時に言われていたような気がする。

「あれ俺に言ってたっていうより、自分に言い聞かせてたんだろ」

彩華は目を見開いた。

「……そうね」

短い肯定の言の葉が、彩華の口から漏れるように出る。

自分を優先する。

その言葉には、一種の自己防衛の意味もあったのだろう。俺に自分を優先するという思考を肯定させることで、過去の罪悪感を軽減させようとしていた。

楽な道に逃げている。そう捉えることもできる。

だがそんなことは俺自身、とても言えた義理じゃない。きっとこの言葉を憂いなく堂々と吐ける人間なら、もう少しマシな人間になれていたはずだ。

楽な道に絶対逃げない性格なら、俺は礼奈《れいな》が他の男と手を繋《つな》いでいるのを目撃した際、後ろから呼び止めていた。あのまま家に帰ったのは、逃げたからだ。これ以上、傷付きたくなかったからだ。

だがその選択が自分も礼奈も更に傷付ける結果となった。

俺はそんな人間だ。逃げた方が後々のしっぺ返しが大きくなるという理論を頭で解《わか》っていても、その場で何も気付けないような人間だ。

そんな俺が頭ごなしに講釈を垂れるなんてできる訳がない。

だから、俺が最初に彩華へ伝える言葉は共感だった。

「中学の話さ。俺が彩華の立場でも、そうする」

そう言うと、彩華は驚いたように伏せていた視線を上げた。

「全ての元凶は明美《あけみ》の行動だろ。俺だって自分が原因じゃない争いが起こっても、対象がそこまで親しいと思ってない後輩だったら首なんて突っ込まない」

俺が高二の時彩華を助けたいと思ったのは、彩華がかけ替えのない友達だったからだ。

俺も彩華と同じで、人間関係によって自分の行動を変えるような人間。

志乃原自身もこの考え方を肯定していた。

普通ならその対応を取ると解っていた上で割り切れない部分があったからこそ、彩華の存在を否定したくなったのだ。

「彩華先輩なら助けてくれる。勝手にそんな期待をされて裏切られた気になられたら、しんどいよな」

「待っ——」

「中学時代の俺だったら、きっと黙認し続けた。いくら友達の頼みがあっても、後から助けるなんて真似《まね》もできなかった。ましてや受験期だろ？　むしろ事後フォローに関してはよくやったんじゃないか」

「——待ってよ。私、あんたの口からそんなこと聞きたくない」

「そうだな。俺もあんまりこういう擁護の仕方は好きじゃないし、ぶっちゃけ建前の励ましだ。実際お前が悪いのに変わりはないし、俺でも彩華の立場なら後悔してた」

そう言うと、彩華は目を瞬かせた。

僅かに安堵《あんど》の表情が浮かんだのは、気のせいではないだろう。

「彩華ってさ、何が悪いか解ってるのか？」

「……志乃原さんを見捨てたこと」

「見捨ててない。後から助けただろ」

「一時的でもよ。志乃原さんより自分を優先した事実は曲げられないわ」

「確かに曲げられないな。でも本質的に悪いのはそこじゃないんだよ」

「…………何が言いたいの？」

彩華は再び俯《うつむ》いた。

くぐもった声。それは救いを求めるような声に聞こえた。

——彩華がこれからとろうとしている行動が、俺には判《わか》る。

後輩を見捨てたという事実が俺によって断罪され、志乃原へ謝罪するというケジメをつけることによって新たなスタートを切ろうとしている。

だがそれでは表面上のものでしかない。

彩華の中でケジメがついても、志乃原の気持ちが変わるかは怪しいところだ。

本当の再スタートを切るのなら、双方が納得できるものでなければ意味がない。

俺と礼奈が、互いに過ちを相殺すると話し合ったように。

志乃原自身でさえ、彩華の非を明言できていない。憎む理由はあっても、責める理由を見つけられていない。

だからこそやるせない想いが胸に燻り続け、顔を見る度に嚙《か》み付いてしまう。

毎度理不尽な絡み方では、彩華だって応戦したくもなるだろう。

そんな拗《こじ》れに拗れた二人の関係を修復させるには、彩華が志乃原に責められる理由を、彩華自身の口から伝える。

その上で謝らなければ、志乃原はますます彩華を憎んでしまいかねない。

――ごめんなさい。親しくなかったからといって、見捨てるのは駄目だった。

……たとえこれが事の本質であっても、言葉にするのは避けるべきだ。

これを言葉にされて、志乃原のプライドはどうなる。

謝罪で傷を抉《えぐ》るなんて逆効果にも程がある。

事実をありのまま伝えることで拗れる話なんて世の中山ほどある。

とはいえ、彩華からは本心からの謝罪を。志乃原にはその謝罪をされるべき理由を。そんな双方が納得できるような理由が必要だ。

それを提示するのが、今の俺ができること。

「……助ける対象は、親しくない人。その人が何か迫害されてそうな予感がしたら、確証無しでも助ける。過去の一度も、見捨てるのは許されない。確かに理想論ではそうだよな。でも現実じゃ、こんな出来事山ほどある。志乃原も頭ではそれを分かってる」

「分かってるって、なんで言い切れるの」

「志乃原と再会した時、あいつは見捨てたこと自体を責めたのか？」

その言葉に、彩華は押し黙る。

志乃原が我慢できなかったのは、見捨てられたこと自体ではなく、彩華が変わったことだ。無論見捨てたという一つの行為が及ぼした結果ではあるものの、その二つの差異は大きい。

そして彩華はその後思惑はどうあれ、志乃原について出回った虚偽の噂《うわさ》を打ち消している。

過去の志乃原にとってはそれが償いになり得るかもしれない。

だが、両者には些《いささ》か時間が経《た》ち過ぎた。もう当時裏でどんな対応をしていたとしても、せり上がってくる感情に全て蓋をするのは難しいはずだ。

「でも、それ以外で謝るなんて……親しくしなくてごめんなさいなんて、傲慢すぎるわ。志乃原さんにとって、そんな謝罪は無い方がいいに決まってる」

「そうだな」

「じゃあ――」

「彩華の責められるべき点は、まず部の雰囲気をコントロールしなかったことだ」

彩華は目を見開いた後、唇を嚙《か》み締《し》めた。

「お前は部の主将だった。明美が好き勝手できる空気を作ってたのがそもそもの問題なんだよ」

中学時代の彩華の性格は高校時代のそれと異なっても、クラスの中心人物という扱いには変わりなかった。

そして、部活では主将。

名実ともに部活の雰囲気を変えられる力はあったはずなのだ。変えようとしなかった理由は、明美との争いを避けるため。

その選択は一見仕方ないように思えて、その実他人を理由にした逃げでしかない。

そこがまず志乃原という一部員から追及されるべき問題なのだ。

「明美が普段横柄な態度で練習してる時、逐一注意してなかったんだろ。揉《も》めるのが嫌なのは解るけど、それを踏まえても細かいところから指摘してれば違ってたはずだ」

「……それは」

彩華は返事をしようとしたが、かぶりを振った。

「……いや、そうね。いくら実力主義でも、防げることは山ほどあった。私は明美に関してはいつも放任してたわ」

「ああ。それにな……明美が敵《かな》わないって言った人物、志乃原じゃないぞ」

以前の明美との会話から、これは明らかだった。

俺が気が付ける点にもかかわらず、彩華は判っていない。

きっと明美が大学からの仲であれば、彩華も敏感に察することができていただろう。だが中学時代からの固定観念がそれを気が付かせていない。

「明美はな――」

「――待って。それ以上言わないで」

彩華は俺を制止する。

俺が理由を訊こうとすると、彩華は間髪入れずに続けた。

「自分で考える。これ以上は、大丈夫」

「……そうか」

俺が伝えようとしていたことはまだ一つあった。

だが、こちらを見つめる彩華の瞳には強さが戻っている。

高校時代から知っている瞳だ。

「あと一つあったけど、もう良さそうだな」

「ええ。自分で辿《たど》り着かないと、意味がないわ」

凛《りん》とした声色。

もう大丈夫そうだ。

俺が頰《ほお》を緩めると、彩華は申し訳なさそうに息を吐いた。

「……私、逃げてばっかりだったわ。自分でも気が付かないくらい……ううん、気が付きたくなかった。ほんとは中学時代の話だって、あんたが明美と知り合わなかったらずっとできてなかったかもしれない」

「そうかな。逃げるやつは、自分から礼奈に会いに行ったりしないぜ」

自分を恨んでいるかもしれない存在に、一人で会いに行く。できる人の方が少ないだろう。

「……そうかもね。でも礼奈さんに言われたのよ、私」

「ん？」

「〝楽になるために謝るのはやめてよ〟ってね。私、また繰り返すところだった」

礼奈、そんなことを言ったのか。

彼女の口から彩華にその言葉を吐かせたのは俺だ。

それは胸に深く刻んでおかなければならない。

「そうか」

「ありがとね。あんたがはっきり叱ってくれてよかった」

彩華は目を細めて、口角を上げた。

「私、あんたが隣にいてくれてよかった」

続け様の発言に、俺は思わず視線を逸《そ》らす。

「……照れるんだけど」

「こういう時じゃないと、恥ずかしくて言えないもの。あんたが親友になってくれてよかった。あんたがいなきゃ、きっと私……ずっと逃げ続けてた」

「そんなこと——あるか。俺のおかげだな、うん。感謝してくれ」

「………くっ」

彩華は拳を握って俺をジト目で睨《にら》んだ。

いつもの流れなら「調子に乗んじゃないわよ」と反論するところだろうが、今の流れではそれができないことからの葛藤が顔に表れている。

珍しい表情なので、瞬《まばた》きでスクリーンショットでもできたらいいのにと思った。

そもそも、俺は別に感謝されることなどしていない。いつも俺の方が助けられてばかりなので、ようやく一つ借りを返せたという状況。

それ抜きでも親友を助けるなんて当たり前の話なのだ。力になりたいから助けるのであって、彩華の中で大きな存在でいられることが純粋に嬉《うれ》しい。

だから、この表情を引き出せてよかったと思う。

この先今日の出来事を思い出す機会もあるだろう。その度に感謝されていては、俺だってむず痒《がゆ》い。

俺はこの対等な関係が好きなのだ。

「………ふう。ほんと、ありがとね」

彩華はお礼の言葉を口にして、立ち上がった。

俺もそれに倣うと、彩華はふと気になったように訊いてきた。

「あんたさ、今から家帰るの？」

ぐぬぬ……

「当たり前だろ。他にどこに帰るってんだ」

「いや、色々転がり込む家ありそうだし」

「ねえよ！」

「冗談よ」

彩華はそう言って、俺のポケット付近に視線を落とした。

ポケットからは雪豹《ゆきひょう》のキーホルダーがはみ出している。

「それ、ずっと使ってくれてるよね」

「ああ。気に入ってるしな」

高二の冬、彩華と親友になった時に貰《もら》ったキーホルダー。

今日俺が彩華に聞かされたのは、中学時代の話のみだ。

だが彩華は、何か中学以外の話をしそうになっていた気がした。

確証はないが、確信はある。

もしかしたら今しがたの言葉がそれに関するものだったのかもしれない。

「俺もお前と、親友になれてよかったよ」

何となく、そう言った。

他意はない。だが今この瞬間言っておかなければいけない気がしたのだ。

彩華は「なにそれ」と笑い、玄関先まで歩いて行く。

俺も彼女について行き、靴を履いた。足が浮腫《むく》んでいつもよりキツい。

不快感を我慢して、俺はマンションの廊下まで進んだ。

彩華の家に来る機会はきっと今後減るだろう。この独特の内装を眺めるのも暫《しばら》く先かもしれないと思うと、目に焼き付けておこうと思った。

視線を巡らせていると、彩華はホウッと息を吐いた。

「──うん。大人になっても、よろしくね」

「……ああ。それは保証できる」

「ふふ。ありがとっ」

彩華は微笑《ほほえ》んだ。

目尻が下がり、綺麗《きれい》な二重幅がキュッと狭まる。

今日からまたいつも通り。

いつも通りになりますように。

締め切られたドアの外で、俺は暫くそう願った。

第12話　賭け

オレンジ色の球体が飛翔《ひしょう》する。

これから選手の間を往き来《ゆき》するボールは、審判の手から空中へ。ジャンプボールを制した側から攻撃に転じる。

爪先に掠《かす》った感触があり、左後方へボールが落ちた。

明美《あけみ》が拾い上げると敵陣へと果敢にドリブルしていき、その後ろを男子が懸命に追い掛けている。

明美が『start』に顔を出すようになってから二週間が過ぎた。

明美を女子の試合に入れては両チームのバランスを保てないと、男子の試合に交ぜているのだが彼女には関係なかったようだ。

大学女子バスケ部の現役エースに対抗できる男子は少なく、明美も片手のみのプレーで魅せるなど、試合はいつにない高揚感で包まれていた。

明美と同じチームの俺は、彼女が１ on １を仕掛けるのを見るとすぐさま自陣へ後退する。

明美とは何度も同じチームになったが、彼女の１on１は極めて成功率が高い。オフェンスリバウンドに参加するよりも自陣へ戻り相手チームの速攻を潰す方が理に適《かな》っている。

ピッと笛が鳴り、プレーが止まった。

明美がシュートする際にファールがあったようで、フリースローが二本与えられたようだ。

時間ができたのでセンターラインまで上がりその様子を眺めると、明美は純粋に楽しそうな表情でチームメイトとハイタッチを交わしている。

チラリとコート外に視線を流すと、志乃原《しのはら》はその様子を何とも言えない表情で見つめていた。

――私、これ以上明美先輩がここに来るなら『start』にいたくないです。

当然だろう。

自分を陥れた人間が、新しい環境に踏み入ってくる。たとえ昔の出来事であろうと、胸に深く刻まれた傷は完治しない。

それなのに明美は高頻度でこの体育館へ訪れて、徐々に、徐々に馴染《なじ》んできている。志乃原にとっては、自分の居場所が削られていっているように思えてならないだろう。

『start』は基本的に体育館へ来る者を拒まない。

そのスタンスだからこそ志乃原はマネージャーとなり、礼奈《れいな》も時折顔を出すことができている。俺以外にも、『start』の在り方に恩恵を受けているサークル員は沢山いる。

だからこそ、明美による『start』への介入をあからさまに拒むのは難しい。

藤堂《とうどう》も志乃原の様子を察しているようだったが、対処法が分からず何もできていない。

俺自身は志乃原から口止めされている。

だからといってこのままでは、いずれ志乃原は来なくなる。

せっかくここを居場所と言ってくれたのだから、先輩として守りたい。志乃原が自分一人で明美と向き合いたい、俺や藤堂から助けられたくないと思っていたとしても、このまま見過ごしたくはない。

しかし俺が介入しては結局志乃原に知られてしまうだろう。

──歓声が、俺の思考を一旦止めた。

一本目のフリースローが入り、サークル員たちが明美を拍手で称《たた》えている。

……認めたくはないが、良い雰囲気だ。

皆《み》んな現役バスケ部のプレーを見て、刺激を受けている。

志乃原にもそれは如実に伝わっているだろう。明美はこのサークルにとって、今までに無かった刺激を与えてくれる存在へと成りつつある。

明美自身も『start』の雰囲気が心地良いようで、俺が見たことない類の笑顔を見せるようになった。

部活もある中どう時間に折り合いをつけているのかは判《わか》らないが、このまま『start』へ参加し続ける可能性は高いかもしれない。

二本目のフリースローが入ると、明美は踵《きびす》を返して自陣へと戻ってくる。

男子のようにワンハンドのシュートを撃っているのは、部活勢の矜持《きょうじ》だろうか。

明美と視線が合うと、彼女は俺に向かって手を差し出した。

フリースローを二本とも決めたのだから、ハイタッチを交わすのが普通だ。

「ナイスシュート」

俺は彼女の掌《てのひら》に軽くタッチして、すぐに相手チームである藤堂の元へと駆けた。

藤堂の迅速なボール運びにより誰かがヘルプに行かなければならない場面だったので、故意にハイタッチを交わさなくても明美に悟られる可能性は低かっただろう。

志乃原が見守る中それくらいの抵抗はできたかもしれないが、幼稚な抵抗しかできない自分を認めたくなかった。

そんなことをするくらいなら、志乃原の意向を無視して直接言ってしまった方がいくらか性に合っている。

「悠太《ゆうた》！」

明美の鋭い呼び掛けに肩を震わせたのと、藤堂のダックインは同時だった。視界から藤堂が消えて、慌てて振り返る。

明美がヘルプに来るも身長差で藤堂のシュートをブロックすることは叶《かな》わず、ボールはネットに吸い込まれる。

「なにボーッとしてんのっ」

「わ、悪い」

「もー、しっかりしてよね」

背中を軽くポンと叩《たた》いて、明美は敵陣へと走っていった。

去り際の爽やかな笑顔が印象に残る。志乃原や彩華《あやか》から話を聞いていなければ、きっと明美の内面を知るのは難しかったに違いない。

しかし一方では、俺自身の目で何度か明美の内面を垣間見《かいまみ》た記憶があったからこそ、二人の話を信じることができたのだ。

今の明美は、純粋な楽しさに身を浸している。

センターラインに辿《たど》り着くと、明美がまた1 on 1を仕掛けるところだった。

また決めてくれる。そう思っていると不意にボールが飛んできた。

テクニックの要るノールックパスにまた歓声が沸く。

フリーの状態で撃ったスリーポイントシュートは運良く決まって、俺は胸を撫《な》で下ろす。

「ナイスシュート！」

「おお」

明美からのハイタッチに応える。

嫌な感覚だ。明美の笑顔は明瞭だというのに、一度裏を知ってしまえば全てが嘘《うそ》のように感じてしまう。

反応が遅れてしまえば突き指などをしかねない鋭いパスだったので、もう少し手加減してほしいところだ。

試合終了の笛が鳴り、明美は両手を掲げてガッツポーズをしてみせた。

これで明美のいるチームは四連勝。

俺は挨拶もそこそこにコート外へ出て、志乃原の元へ歩を進めた。

志乃原は俺の姿を認めると「先輩っ」と嬉《うれ》しそうに近寄ってくる。

「ナイスシュートでした。はいお水！」

「サンキュ。今日もしっかりマネってんな」

「マネージャーしてるを変な略し方しないでくださいよ。絶対他の人に伝わらないですから」

「んなことねえよ、二文字も被《かぶ》ってるんだから」

「何文字中の二文字ですか……」

いつもの軽口の応酬に興じていると、後ろから「悠太」と声が掛かった。

振り返るより先に、志乃原の表情で誰かが判る。

「ん？」

「仲良くしてるところごめんね。ちょっと二人で話したいんだけど、いいかな」

明美が髪をかき上げながら訊いてきた。

志乃原は顔に作り笑いを張り付けているが、口角が上手《うま》く上がっていない。

この様子では断っておいた方がいいだろう。

「いや、今さっき志乃原に仕事頼んだところなんだよ。代わりに俺が聞くけど」

俺が答えると、明美は切れ長の目をぱちくりとさせた。

「はは、二人になりたい相手は志乃原じゃないよ。悠太に用があるの」

「え、俺か？」

「うん。ちょっくら抜け出さないかいっ」

そう言って、明美は俺の袖をクイッと引いた。

相手が俺なら何か起こる心配もない。

下手に断って刺激する方が面倒に発展しそうだと、引っ張られるがままついて行こうと足を伸ばす。

すると反対方向の袖が摑《つか》まれて、練習着がピンと張った。

振り返ると、志乃原が俺の袖を摑んでいた。

反射的な行動だったようで、志乃原自身も目を瞬かせている。

「どうした」

「あの、その……」

行ってほしくない。

そんな志乃原の気持ちが、袖から伝わってくる。

だがここで俺が残るのは、結果的に志乃原にとって不利益になりかねない。ここで立ち止まっているのも、余計な問答を――

「志乃原？」

そう声を出したのは明美だった。

困惑のほかに僅かに威圧的な色を含ませているように聞こえてしまう。

志乃原は逡巡《しゅんじゅん》した様子だったが、口を開いた。

「……先輩に、仕事のお手伝いを約束してもらってたんです。急に連れて行かれると、その。困るっていうか」

「ふーん、何の仕事？」

「それは……」

志乃原は口籠る。事前に理由を用意できていないため、そう都合よく言葉が出てくるはずもない。

俺も何か返事をすべく頭を回転させたが、先に明美が言葉を続けた。

「私、悠太に告白するの」

「えっ」

志乃原は目を大きく見開いた。

俺だって大いに驚いたが、明美は面白そうに吹き出したので真意を察する。

「嘘よ。まあ二人で遊んでみたいのはほんとだけど、怒られるのも面倒だし？」

明美が目を細めて、こちらに視線を飛ばす。

刺すような眼光は、きっと中学時代と変わっていないのだろう。志乃原の力が強まったことがそれを証明している。

「志乃原、悠太のこと好きなの？」

「……なんでそんな話を、明美先輩に」

「悠太には彩華がいるの知ってるでしょ？　やめといた方がいいよ、叶わないから」

「いい加減にしろよ」

明美の手を振り払う。正確には振り払おうと腕を回した時には、既に明美の手は俺から離れていた。

「私何か間違ったかな」

「間違いだらけだ。何様だよ」

僅かに声を荒らげてしまったので、慌てて表情を取り繕う。

ここで揉《も》めても志乃原の立場を悪くするだけだ。

榊下《さかきした》との一件では揉めることが結果的に良い方向へ転がったが、明美に関してはそれで事態が変わるとも思えない。

「悪い」

謝ると、明美は口元を緩めた。

穏和な表情だ。逆らう人間には容赦しないイメージがあったから意外だった。

「……悠太はさ、この子が後輩だから庇《かば》ってるの？　すごいね。庇って何か、悠太に得がある訳じゃないのに」

「得があるから助けたいんじゃない」

「……ふうん。よく分かんないなぁ」

言葉のみで捉えるなら、挑発にも思えそうだったが。

明美の視線は床に落ちて暫《しばら》く動かない。

志乃原も困ったように明美を見上げている。

「志乃原にもできたってことかな。自分を自分と証明してくれる人が」

今度こそ志乃原は当惑した表情で、明美に質問した。

「あの。どういう意味ですか？」

「……私には見つけられない。分からない」

独り言のように呟《つぶや》く彼女に、俺は思わず「大丈夫か？」と声を掛ける。

「──志乃原。悠太借りていい？」

「訊いてくれたってことは、私に拒否権あるんですか」

「さあ……どうだろ」

いくら過去を聞いたからといって、志乃原と明美の関係の全てを理解できている訳ではない。

俺には解らない時間が二人の間を流れているのは間違いない。

何故《なぜ》か分からないが、明美は今不安定になっている。それだけは俺にも伝わってきた。

志乃原は少しの逡巡の後、首を縦に振った。

「ちょっと借りるくらいなら、いいですよ。次の試合までには、二人で戻ってきてくれるなら」

「そうね。分かった」

条件をつけることが志乃原にとって精一杯の抵抗だったのだろう。

トラウマそのものともいえる相手に条件を提示したことは称《たた》えるべきだが、志乃原自身もあっさり明美と合意できたことに戸惑いの色を浮かべていた。

「い、いえ。――どうしたんですか？」

明美への違和感。

切迫した雰囲気に、俺も内心首を傾《かし》げる。

「行くぞ」

先に体育館の外へ歩き出したのは俺だった。

明美も後ろをついてくるが、付き合いの短い俺にはその違和感が何なのかまでは解るはずもなかった。

◇◆

いつも『start』が借りている体育館の二階は、主に観客席と廊下で占められている。

観客席への複数の入り口を全て通り過ぎると突き当たりに階段があり、三階へ登るとサブアリーナに入ることができる。

サブアリーナはバスケットゴールが一つだけ設置されているコートで、いつも『start』が貸し切りにしているメインアリーナよりはかなり狭いものの少人数であれば広々と使用できるのが特徴だ。

公式大会の際は選手の調整用に使用されている一室だが、『start』が貸し切りにしている時間帯は誰も利用していない。

今は人がいない場所がほしいので明美を先導しそこへ移動していると、見覚えのある姿が視界に入った。

反射的に立ち止まると、影が動く。

「——遅いわよ」

その言葉を発したのは彩華だった。

二週間ぶりの彩華だったが、その姿は随分と変わっていた。

髪を切ったなどではない。

彩華は練習着姿だったのだ。頭の中にはてなマークが躍る。

「お前なんで此処《ここ》にいるんだよ」

俺の質問に、彩華はあっけらかんと答えた。

「明美を呼び出したの私だもの。あんたにも一応連絡したけど、やっぱりスマホ確認してなかったのね」

「……デジャブ」

「スマホも貴重品なんだし、持ち歩いたりしたら？」

過去に何度か繰り返したやり取りだ。

普段はスマホが鳴るとすぐにチェックするのだが、サークル中は一切確認しない日が多い。

　ネットの世界から切り離された時間が心地いいのでそうしているが、他のサークル員はスマホを持参しているのも確かだった。実際コート外には当たり前のように、水筒とスマホがセットで置かれている。

「悪い。いつも更衣室に置きっぱなしだったけど、考えとく」

　言い訳すると、彩華は明美へと視線を移した。

「まあいいわ。で、明美」

「ようやく相手にしてくれる気になったってこと？」

　明美は口角を上げて、彩華と対峙《たいじ》する。

「いい加減、志乃原さんに粘着するのはやめなさい」

「そう見えたなら謝らないとね」

　明美は腕を組んで壁にもたれかかった。

　油断のない眼差《まなざ》しが彩華から外れることはない。

「悠太の様子じゃ、彩華は中学時代のこと話したんでしょ？　どう、がっかりされた？」

　明美は顔を歪《ゆが》めて訊いた。周りの目がないからだろうか。その表情は志乃原と対峙している時の何倍も険しいものだった。

　そんな明け透けな質問に彩華は溜息《ためいき》を吐《つ》く。

「明美はこいつのお人好《ひとよ》しさを嘗《な》めてるわね。一ミリも変わってないわ」

俺を見ないまま答えているのは、明美の神経を変に逆撫《さかな》でしないようにだろうか。

「私から言いたいのは一つだけよ。明美の要望通り、賭け1on1してあげる。だから私が勝ったら、あんたは二度とこの体育館に入らないで」

その言葉に明美はおもむろにもたれていた壁から離れて、彩華へ近付く。

俺が間に入ると、明美はこちらに一瞥《いちべつ》もくれないまま彩華へ問いかけた。

「コレ志乃原のためにやってる訳？」

「……明美のためによ」

彩華の返事に、明美は薄ら笑いを浮かべた。

「よく言うわ。……もうアップは済んだの？」

「ええ。ちゃんとアップしておいたわ」

「そう。じゃあ、十分後に3点先取ね。アップで疲れてたとか言い訳されたくないから」

明美は彩華を通り越して、サブアリーナのコートへ入っていく。

サブアリーナへの入り口前にはベンチが設置されており、そこに俺と彩華は腰を下ろした。

一時的に彩華と二人の状況になり、先程からの疑問が口をついて出た。

「なあ、賭けってなんだよ」

彩華は肩を竦《すく》めて答えた。

「たまにお願いされてたの。私が勝ったらバスケ部に入ってって」

「なんで今日は了承したんだ？」

たまにということは、これまでにも申し込まれた経験が何度もあるのだろう。断り続けていた中、今日承諾した理由を知りたかった。

「明美と……志乃原さんのため。明美の手前、さっきは否定したけどね。巻き込みたくないし」

彩華は手をぷらぷらとさせて、言葉を続けた。

「あんたを呼んだのは審判役のためよ。といっても遠くから見ててほしいけど……この状況に困惑しない人、あんたくらいだしね」

「それはいいけどさ、俺だって絶賛困惑中だっての。……でも、大丈夫かよ」

「なにが？」

彩華はこともなげに訊《き》き返してくる。それが俺には信じられなかった。

「なにがって、負けたらバスケ部に入るんだろ？」

普通ならただの口約束だと気に留めないが、彩華のそれは本当に実行しそうな行動力が伴っているので心配になる。

部活の活動内容や拘束時間は、サークルのそれとは全く異なり膨大なものだ。

『Green』の副代表を始めとした他サークル、バイトなどのスケジュールを鑑みても両立は現実的ではなく、いずれかの団体から抜けるしかない。

だがせっかく彩華が見つけた居場所を、俺は手放してほしくなかった。

大学三年生の今入部したところで引退試合なんてすぐそこなのに、今まで築き上げてきた環境から離れてほしくなかった。

「まあそういう約束でもしないと、明美は私との約束も反故《ほご》にしかねないしね」

「じゃあ、実行する気はないんだな？」

訊いておいて、彩華の表情から何と返ってくるか察してしまった。

「──あるわよ。嘗めないでよね、あんたも」

「なんでだよ。だって、あの明美と勝負になるのかよ。こんなの不平等にも程があるだろ」

いくら彩華がかつて主将を務めていたからといって、明美はその後五年もの間バスケに打ち込んでいるのだ。当初の差などとっくに逆転し、引き離されているのが道理。

明美が彩華を部活に引き入れたい理由も、過去の話から想像できる。見方を変えれば独善的にも捉えられる理由だ。

そんな勝負に挑もうとしている彩華を止めたいと思うのは自然な感情だろう。

それなのに、当の彩華はケロリとしていた。

「この二週間、結構実戦のリハビリしたのよ。普段からボール触ってたから、そこそこハンドリングもあるし」

「普段からボール触ってたのか？」

彩華はバスケサークルなどに入っていない。そんな機会なんてないだろうと勝手に決めつけていた。

「あるわよ。筋トレ以外にもボールとか触ってた方が、満遍なく鍛えやすいから」

「鍛えてんの」

そういえば、温泉旅館でも筋トレしていたような気がする。

普段あそこにボールを触るメニューを組んでいるのか。それもあの１ＬＤＫの家だと叶《かな》いそうなのが羨ましい。

「鍛えてるわ。この身体《からだ》見たら分かるでしょ？」

彩華は両腕を伸ばしてみせた。

ノースリーブの練習着姿は、透明感のある肌をいつも以上に露《あら》わにしている。華奢《きやしや》に思える身体も、至近距離で見れば程よい筋肉が窺《うかが》えて、こんな状況でなければ色々と危ないところだ。

「何か言いたいみたいね。言ってみて」

「二の腕が良い感じ」

「あはは、変態」

「息するようにディスるのやめて？」

訊かれなければ、俺だって何も口にしなかった。

視線が両腕に移ってしまったのも彩華がこれ見よがしに腕を伸ばしたからだし、中々に理不尽な話だ。

「でも触るのは駄目よ、集中力切れちゃうから」

まるでこの先に1 on 1が控えてなければ許してくれるような口振り。他の人が聞いたら殺到することだろう。

「客観的に見てそう思うって話な。触りたいとかないから」

「……前に胸触った時喜んでなかった？」

「喜んでねーわ！」

俺のスマホが粉々に砕けた際の事件だ。

喜んでいないと言っておかないとまずい気がして、全力で否定する。彩華は可笑《おか》しそうに笑うと、背筋をグッと伸ばした。

「うん、リラックスできた」

そろそろ明美の言ってた十分が近付く頃だ。

明美はゴール下でボールを指回ししながら瞼《まぶた》を閉じている。部活勢のルーティンは、なんだか様になっていた。

「いけそうか？」

「任せて」

彩華はベンチから腰を上げて、バスケットゴールに歩いていく。

後ろ姿は、かつて部員の想《おも》いを背負っていた者。

明美と対峙する彩華の顔は、きっと自信に満ちている。

二人の様子を遠目に見ながら、俺はそう確信していた。

第13話　戸張坂明美

中学時代の象徴へ近付いていく。

戸張坂明美《とばりざかあけみ》。

見ないようにしていた、私の弱さ。

彼女に向かって歩みを進めている中、あいつの視線を背中に感じる。

……私を心配してるのかな。

いらないわよ、そんな心配。

心の中で呟《つぶや》いて、明美と対峙した。

「お待たせ」

自分でも驚くくらい、いつも通りの声色だった。明美もそれを感じ取ったのか、眉を顰《ひそ》める。

「一つ訊いていい？」

明美の問いかけに私は頷《うなず》く。内容は大方想像できる。

「高校でも大学でもバスケ部に入らなかったのってさ、なんで？」

大学で再会してから、明美は何度か同じ質問をしてきた。

その度に明言を避けてきてたけど、思い返せばそれもただ逃げていただけだ。

――大学の友達といる時は、中学時代の話をしないで。

明美にキツく頼んだのは、過去をリセットしたかったから。高校から生まれ変わったと思いたかったから。

今の人格に中学時代は必要ないと信じていたからだ。

それなのに曲げられない在り方は継続しているという矛盾を見ないようにしていた。そんな遁走《とんそう》は、もう終わり。

「環境を変えたかったから。それと、バスケ部に入る資格がないと思ったからよ」

「ふうん。やっと答えてくれて嬉《うれ》しいけど、予想通りで複雑」

「知らないわよ」

苦笑いで応えると、明美は肩を竦めた。

「後者のバスケする資格がないって、なんで？」

「自分を優先して部員たちに迷惑かけた。当時は贖罪《しよくざい》の意味もあったかな」

「……そういう話を悠太《ゆうた》としてたんだ。私を見る目が変わった気がしてたけど、間違ってなかったな」

あいつ、結構あからさまな態度取ったんだ。人の過去に感情移入しすぎ。

でもそんな性格だからこそ、素直に話せたのかもしれない。

「悠太が此処《ここ》にいるってことは、全部受け入れてくれたんだ。もはや彼氏でしょソレ、付き合えばいいのに」

「……なんでそうなるのよ」

「中学時代の彩華《あやか》と、大学の彩華は全然違う。立ち振る舞いなんて随分と見違えちゃって、中学の話は相当なギャップがあったはずよね？」

明美の言う通り、相当あった。それを自覚しているからこそあいつに話すのが憚《はばか》られた。

今の在り方は高校から形成されたものだから、それ以前は別人だと思おうとしていたんだ。

でも、違ってた。

友梨奈《ゆりな》がいて、明美がいて。多感な思春期に様々な物事を体験していたから、今の私がある。他人の気持ちを敏感に察せられるようになったのは、間違いなく中学時代を経験したからだ。

あいつはそれを思い出させてくれた。逃げる私を優しく引き戻そうとしてくれた。

友梨奈の言葉を借りるなら、その存在は親友だ。

「彼氏というより、親友ね」

「異性との友情って存在しないよ？」

――そうかもね。

返事をしようとして、やめた。

優先するべき話は他にある。

「あんたにはいないの？　自分を認めてくれる人」

「いたら、多分こうなってない」

「そ」

形式的な返事に留《とど》めると、私は身体をグッと伸ばした。

……話はまず勝ってからだ。

腕を回すと、改めて身軽な格好だと再確認する。

「じゃ、やりましょうか」

賭け１on１。中学時代はよくやってたっけ。

練習メニューのハードさを賭けて、毎度私が勝ってどんどんハードになっていった。

私たちの１on１を見守る部員たち。殆《ほとん》どが明美を応援していたはずだ。今思えば、試合以外で最もバスケ部が一つになっていた瞬間かもしれない。

とはいえ現在の明美との実力差は考えるまでもない。

あいつの言う通り、基礎的なプレーで組み立てても負けは必至だ。

でも自信はあった。
背中が熱い。それは照明の熱からか、あいつの視線を感じるからか。
応えなきゃ。あいつの想いに。そして、自身の想いに。
そのために、今この瞬間だけは全ての思考を棄《す》てておこう。
私は静かに息を吸う。
湿気《しけ》た空気が、肺を回った。

◇◆◇◆

美濃《みの》彩華のユニフォーム姿を見るのは一体いつ以来だろう。
中学の引退試合以来となると、六年振りか。
あの日も梅雨時の例に漏れず、雨が降っていた気がする。

……なんで鈍ってないのよ。
それが彩華と対峙《たいじ》した私の素直な感想だった。

ビリビリと伝わってくるプレッシャーは、中学時代のそれより増している気さえする。大きく見開かれた目が、私だけを凝視している。一挙一動を見逃さないように、予備動作さえ見極めようとしているのが伝わってくる。

……憎たらしい。

私はギリッと歯軋《はぎし》りした。

幼少期から、私を褒めてくれる人は殆どいなかった。

元来私は勉強や習い事の要領が悪い。

普通なら多少成績が悪くても親に褒められるものだけど、私には才に恵まれた姉が比較対象として常に存在していた。

私の通る道は、全て姉が通った足跡がついている。

それも綺麗《きれい》な足跡だ。どこまで進んでも足跡があって、しかも歩幅が私の倍以上。どうやったって追い越せない。

でも唯一、姉が通っていない道があった。

それがバスケットボール。

姉は他の習い事で結果を出していたから、バスケに打ち込む暇なんてなかった。いつも両親は姉しか褒めていなかったけれど、バスケに関してだけは私を認めてくれていた。

だからバスケは、私が自分を誇りに思える唯一の手段。いわばアイデンティティの全て。

だから誰にも負けたくない。

そう思っていたのに、小学生のミニバスで美濃彩華にコテンパンに負かされた。唯一のアイデンティティで負けたのだ。

その後のミニバス時代、彩華のいるチームに勝って先に進めたことは一度もなかった。

他のチームには負けてもリベンジが果たせるだけの実力があったのに、彩華のチームにだけは最後まで勝てなかった。

だから中学で再会した時は喜んだ。こんなにも身近に、リベンジの相手がいる。この人がいるチームで、私を認めさせる。

そう思った矢先、

「へえ。明美、小学生の頃からバスケやってるんだ」

「——え？」

……どうやら、何度対戦しても私という存在は彼女の記憶に留まれなかったらしい。

小学生の私はチーム内に敵なしで、唯一のライバルが美濃彩華。

でも彼女にとっての私は、他の有象無象の敵選手。

考えてみれば無理もない話。私は地区大会ではそこそこ有名だったけれど、その先に進んだことは一度もない。

対して彩華は、全国大会などで数多《あまた》の実力者と鎬《しのぎ》を削っていた。地区大会は通過点としか捉えていなかっただろうから、本当に無理もない。

でも、死ぬほど悔しかった。

私の誇れる唯一のものがバスケだというのに、ライバルだと思っていた存在から相手にもされていない。

……悔しかったことはもう一つある。

私にあるのはバスケだけ。

ところが彩華には、バスケ以外にも沢山あった。

端麗な容姿や、明け透けな態度でも周りから慕われる人徳、成績の良さ。何よ神様、こいつ持ちすぎじゃない？　不平等すぎない？

私も最初は諦めずに、追いつこうと試行錯誤した。でもついてきた結果は、学校生活においてグループの中心的な人物になるというものだけ。だが彩華のそれとは異なる人工的な醜いものだ。

悪ぶる男子と連《つる》んでいると周りは恐れて離れていき、残った生徒はこのグループに属したらイケてると判断する浅慮な人ばかり。

自然と打算に塗《まみ》れた女子、そして力を誇示することで快感を得る男子の合同グループができた。

その中心人物となった私は確かに一般生徒から一目置かれるようになった。

でも当然私たちを良く思わない人たちも存在して、それらの人たちが彩華の元に集まった。

彩華自身が号令を出している訳じゃなく、皆《み》んなが自然と彩華の意見が欲しいと話しかけているようだった。

部活以外にもこの慕われよう。

人徳なんて、生まれつきの才能だ。彩華は歯《は》に衣着《きぬき》せぬ物言いなのに、それが善とされている。

――この土俵でも勝てない。

私が勝てる見込みのあるのは、努力で何とかなりそうなバスケだけ。

アイデンティティで負けてしまえば、私は自分を愛せなくなる。

確かにまだ実力は届かないかもしれないけれど、いずれ追いつける自信はあった。勉強時間や遊ぶ時間を割いて、自主練にも取り組んでいるのだ。

姉も私のバスケを応援してくれていて、結果を出したい気持ちは増していた。

時折ギャラリーがいない時間を見計らって1on1を申し込んだのは、一度や二度じゃない。その度に負けて心底悔しかったけど、彩華にとってはきっとただの日常だろう。

だって彼女は私と違い、バスケに心底固執している訳じゃない。それがまたどうしようもなく辛《つら》かった。

彩華を負かす。

いつの間にかそれだけが私の原動力になっていた。


「──志乃原《しのはら》さんと交代して」


そう言われた時は、頭が真っ白になった。

引退試合は、確かに肘の調子が悪かった。それでもある程度のプレーをする自信があったのに、不甲斐《ふがい》ないプレーが続いていた。客観的に見て、その判断が間違ってるとは思えない。

でも彩華という存在に交代を告げられるのだけは我慢できなかった。

いつの間にか、彩華に認めてもらうことが原動力になっていて。そんな彼女に不要と言われるのは、私の全てが否定されるのと同義だったから。

これ以上彩華と一緒の環境にいたら、きっとこの先自分を嫌いになる。

「何よりも自分を高めることに集中して、他のものは捨てられるだけ捨てる」

……かつて彩華はそう言っていた。

──じゃあそのために全部捨てよう。私のアイデンティティを死守するために。

一度捨てると決めたら、後は試合を終わらせるだけ。

私は自分を守るために、自分のチームを負かす。

それが私にとっての歪《いびつ》な勝利。

隣で志乃原が深呼吸するのを横目に、私は唇を嚙《か》んだ。

志乃原はたまに彩華に似ていた。

私を振った宮城《みやぎ》が、志乃原に告白する。それをバッサリ断る後輩なんて、プライドが傷つくに決まってる。

でもそんなことより、私を全く意識せずに宮城を振ったところが、あの彩華を彷彿《ほうふつ》とさせてなにより嫌だった。

……もう視界に入れたくない。

引退試合を終えても志乃原が第二の彩華になるのを防ぎたくて、友達グループを経由してあらぬ噂《うわさ》を流した。

流した瞬間、私は堕《お》ちるところまで堕ちたことを自覚した。

私、こんな姑息《こそく》な手段をとるような人間だったんだ。

笑えてくるくらい、最低なヤツ。

それが戸張坂明美。

こんな私が自分を保つには、勝ち続けるしかないんだ。

……なのに。

——視界からボールが消える。


弾丸のような速さの彩華に抜かれて、私は身を翻して進行を防ごうとする。

だが既に彩華の手にはボールがしっかりと収まっている。後ろからブロックを試みるも、初動が遅れたせいでシュートが決まってしまう。

直接ボードにボールを当てて、跳ね返ってきたものをキャッチしてシュート。

……こんなの、試合中に使える技じゃない。

彩華はなりふり構わずこの対戦に臨んでいる。

でも私は非情にもなり切れず、中途半端なプレーしかできていない。

彩華が躍動できるのは、きっと後ろで見守る大切な人のため。

そんな存在がいれば、私も変わることができたのかな。

彩華のスティールでボールが掌《てのひら》から弾《はじ》け飛んだ。

私の支配から離れたボールは、コート外へと転がっていく。

ああ、やっぱり叶《かな》いそうにないな。

だから、せめて。

◇◆◇◆

久しぶりのダブルクラッチは、綺麗《きれい》に決まった。

あまりにも呆気《あっけ》ない対戦だった。確かに私の体力はかなり消耗していて、明美は息を殆《ほとん》ど乱していない。

でも、スコアは３−１。

とてもじゃないが、現役選手とのスコアとは思えない。

私が強かったんじゃない。明美が全く動けていなかったのだ。

どんな手を使っても、私が負ける可能性は十二分に存在していた。

明美は私と違い、高校大学の五年をバスケに費やしている。勝つ自信はあったけど、負けても仕方ない勝負には違いなかった。

「負けたわ」

明美がその場で体育座りをして、顔を膝に埋《うず》めた。

「……何が負けたよ。本気じゃなかったでしょ」

これが現役時代なら憤慨していたに違いない。

でも明美への確かな違和感がそうなるのを防いでくれた。

……やっぱり、あいつが思った通りみたい。

私と志乃原さんの話を聞いただけで、よく第三者の気持ちまで分かったものだ。

私を器用だと言ってくれるけど、あんたも大概よ。

「──負けたかったの？」

私が訊くと、明美は小さく笑った。

両膝の隙間から、くぐもった声が聞こえる。

「負けたがる訳ない。でも、動けなかった」

「……そう」

勝負への欲とは乖離《かいり》した、何らかの感情が働いたのだろう。それはきっと、かつての私が抱いたものだ。

今の返事で、確信できた。

「私もね、誰かに裁かれたかった。自分が一番意識してる存在に裁かれるなら、きっと納得できるから」

私の言葉に、明美の肩がピクリと震えた。

後ろにいる羽瀬川《はせがわ》の位置がサブアリーナの入り口から動いていないことを確認して、明美に再度言葉を投げる。

「私の一番意識している存在は、あんたの言う通り羽瀬川悠太よ。明美の意識してる存在は、私で大丈夫？」

バスケ部の部室で、明美は言った。

——勝てない人がいる。

何かを捨ててまで勝ちたい人。私はずっと志乃原さんのことだと、恋愛の話をしているのだとばかり思っていた。

明美に向き合っていなかった証拠だ。

「……それで違ってたら、彩華恥ずかしいね」

「そうね。合ってるようで助かったわ」

私は軽く息を吐く。

明美はおもむろに顔を上げて、視線を遠くに流した。

「彩華の言う通りな部分もある。でも、まだ私の中にはクソみたいな部分も残ってる。……分かるの、自分でも」

明美は自嘲的な笑みを浮かべた。

「後悔しなきゃいけないって思う。でも、変われない。どうしても変われない。加害者のくせに、自分を加害者だと思えない。彩華もさ——」

そこで一旦詰まったようだったが、意を決したように続けた。

「私とは程度が全く違うけど。勿論《もちろん》天と地なのは分かってるけど……後悔したってことは、自分を加害者だってある意味思ったのよね」

「ええ、そうよ」

あいつは違うと言ったけど、私は今でもそう思う。

「……あっさり認めちゃって。強いんだ」

「弱いわよ」

「じゃあ、どうやって変われたの」

「変えてくれる人がいたからよ。変えた方がいい部分も受け入れてくれたからこそ、私は自分から動くことができた」

あいつのために、変わりたいと思った。

頭ごなしに怒られても、失望されても、頼まれても、きっと私はそう思えなかった。

あいつが私を丸ごと受け入れてくれていたからこそ、自分から変わろうと決断できたのだ。

「……やっぱり、人のためか。それって後ろにいる悠太よね」

「ええ」

「じゃ、私には無理な解決法ね。そんな親しい人間、一人もいないもの。スポーツ推薦で下手に良い大学入っちゃったのがマズったかな」

「なら、私をそれにすれば？」

明美が目を見開いた。

この数週間、ずっと考えていたことだ。私には自分を変える方法なんて自己流しか分からない。

だからこれが最も確実に近かった。私と同じ方法を取るなら、私が見守ってあげるのが理に適《かな》う。

「私が彩華と親しくって？　冗談でしょ」

「別に親しくじゃなくてもいい。あんたの黒い感情、これからは受け止めてあげるって言ってんの」

今まではなるべく関わらないように避けていた。

明美のように変われない人を避けて歩くのは、世の中を渡っていく上である意味必要な行動なのかもしれない。

でも私の場合は中学時代の記憶から逃げていただけ。中学時代を背負って生きていくと決断した今、明美の在り方も背負いたい。

元主将と元副主将。たとえ交わらなかった仲でも、これからも一緒にいちゃいけない理由なんてないんだから。

「……今の彩華らしくない、随分非効率な生き方するのね」

「あら、勘違いしてない？」

　私は口角を上げた。

「元々器用だからね、私。明美一人くらい、どんと受け止めてみせるわよ」

　腰に手を当ててみせると、明美は口元を緩めた。すぐに戻ったけれど、その表情を見るのは初めてかもしれなかった。

「でも、あいつを巻き込んだらとことん追い込むから。あと、私の周りの人達も」

「……しないわよ、おっかない」

　明美が苦笑いして、私に目を合わす。

　……懐かしい瞳。私が唯一明美を見抜けていたのは、強気な彼女の根底にあった弱さだ。

　この瞳を、ずっと見ないフリしていたんだな。

　数秒間の沈黙が降りた後、やがて明美は腰を上げた。

「……ひとまず、最初は志乃原に謝らなきゃ。大学で再会してから、謝る機会窺《うかが》ったこともあったけど——」

「それは私から伝えておくね」

　私の返事に明美は目を瞬かせた。

　今日を機に、彼女は本当に変わろうとするかもしれない。

でも本人への謝罪は今じゃない。

明美はやりすぎた。いくら明美が改心しても、被害者の志乃原さんの立場からみれば関係ない。

明美が一度放った悪は、たとえ改心してもきっとあの子の中で燻《くすぶ》り続ける。

志乃原さんの心の傷は、まだ私には推し量れない。

——楽になるために謝るのはやめて。

礼奈《れいな》さんの言葉が、今になってよく解《わか》る。

明美は私をジッと見つめると、嘆息した。

「……そっか。そうよね」

「その意思は、おりを見て私から伝えておく。その上であの子が明美と改めて会ってよさそうな雰囲気なら訊いてみるわ」

明美が私から、天井へと視線を移す。

私もそれに倣って見上げると、中学時代のそれと違いボールや羽根が一つも挟まっていなかった。

私たちの間にも、もうわだかまりは必要ない。

「……今まで向き合えなくてごめんね。でもこれからは、ちゃんと正面からぶつかるから」

これが、私の本心。

言葉にしないと、彼女にはきっと届けられない。

「きっかけが彩華だっただけで、他の誰でもきっかけになり得た。……彩華も被害者。言ったでしょ？　私、未《いま》だにサイテーなのよ」

そう言った明美は、大きく息を吐いた。

「バスケ部辞める。償いの意味も含めて、一旦全部失わないと私はきっと変われない。……悠太、それでいい？」

振り返ると、いつの間にか羽瀬川が傍《そば》に立っていた。

音も立てずにと思ったけど、きっと私が明美との会話に集中しすぎていたんだろう。

「自己満足な償いするなら、プロでも目指してくださいよ。志乃原なら、きっとそう言うぜ」

羽瀬川が言うと、明美はぎこちない笑みを浮かべる。

「……そう、悠太は優しいね。……彩華の意見は？」

「分かんないけど、こいつが言うならそうなんでしょ。私より志乃原さんのこと理解してるみたいだし」

言いながら、今までにない感情が胸を覆った気がした。

でも、まだ気付いてはいけない。

私たちは三人でサブアリーナを後にする。

傍《はた》から見れば、どんな組み合わせだと思われるのだろう。私は忘れないうちに、明美に言った。

「明美はバスケ強いよ。引退した私に保証されても、何の得にもならないだろうけどさ」

「……ううん。ありがと。——ごめんね」

最後に一度頭を下げて、明美は更衣室に向かって歩いていく。

今日という日は、彼女が変わるきっかけになり得るだろうか。そうなればいいと、強く願った。

第14話　先輩、後輩

何処《どこ》かで声が上がった。

それが一つ、二つと連なり、次第に体育館がざわついていく。

何事かと思って入り口に目をやると、意外な人物がこちらに歩いてきていた。

艶のある黒髪に、流麗な曲線美、整った目鼻立ち。

悠太《ゆうた》先輩でも、明美《あけみ》先輩でもない。

此処《ここ》にいるはずのない、かつて鮮美透涼の象徴だった存在。

彩華《あやか》先輩だ。

サークル員の何人もが親しげに声をかけていて、彩華先輩の顔の広さが窺える。和やかに対応しながら近付いてくる彩華先輩から、私はちょっと逃げたくなった。

目を逸《そ》らすと、悠太先輩と明美先輩が何か言葉を交わしているのが視界に入る。そして明美先輩はいつの間にか私服姿だ。

気になることが多すぎて、どこに意識を割けばいいか分からない。

――明美先輩と視線が交差した。

遠目だから、恐らくの域を出ないけれど。

でも次の瞬間、この認識が正しかったと確信した。

明美先輩が私に向かって頭を下げたのだ。

深く沈んだ彼女の頭からは、形骸化した所作ではないことが伝わってくる。

長い、長いお辞儀だった。

意図を測りかねていると、やがて明美先輩は顔を上げた。

勝手にスッキリしないでよと言いたくなるくらい、憑《つ》き物《もの》がとれたような表情。

それで私は何が起こったのかを少し察した。

……どういう心境の変化だろう？

先輩が明美先輩に何か言ったのかな。

その疑問の答えを知っているであろう彩華先輩が眼前に迫る。

「志乃原《しのはら》さん。ちょっとだけいいかな」

「彩華先輩、なんで此処にいるんですか」

「明美に会ってたの」

「……明美先輩と何話してたんですか？」

「廊下で話すから、ついてきて」

彩華先輩は踵《きびす》を返して歩き出す。

どうするか迷ったけど、ついて行くしかない。

悠太先輩の前まで移動すると、私は立ち止まった。

彩華先輩はそれに気が付いて振り返ったけど、「二階で待ってる」と言い残して階段の方へ歩を進めていく。

彩華先輩の姿が見えなくなると、先輩が私に言った。

「真由《まゆ》。あいつについて行ってやってくれないか」

「……ずるいですよ、こういう時だけ名前で呼ぶの」

「だって、今二人きりだし。まあ人目はあるけどさ」

「そういうことを言ってるんじゃないんですけどー」

でもきっと先輩もそれを分かった上で返事をしている。

彩華先輩について行って、その先に何があるんだろう。

「……先輩は一緒に来てくれないんですか？」

訊《き》きながら、ちょっと意地悪な質問になっちゃったなと思った。

先輩が来てくれたら、きっと私はまた意固地になって彩華先輩に嚙《か》み付いてしまう。それでは意味がないから、先輩は此処に残るんだ。

そう理解していてもやっぱり一緒に来てほしい。

「俺がいたら、邪魔になる」

「邪魔なんて――」

「お前が答えを出す時の邪魔になる。こればかりは、二人の問題だ」

先輩は口元を緩めて、続けた。

「俺の立場は気にすんな。どんな答えでも、俺たちは変わらねえから」

「……ふんだ」

プイと横を向いて、私は二階に繋《つな》がる階段へと歩き出した。

最後に先輩が小さく笑ったのが私の瞳に映っていて、頬《ほお》を緩める。

……先輩らしい背中の押し方だな。

向き合う勇気をくださいって頼んだけど、今のがそれだったかな。

先輩が優しく笑いかけてくれると、ちょっぴり勇気が湧いてくる。

それに私、〝先輩らしい〟って言えるくらいの仲になれた。

その実感もまた、私を鼓舞してくれている。


一段、また一段。

階段を登り切ると、すぐに彩華先輩と向き合う形になった。

彩華先輩とは、大学で再会してから顔を合わせる度に少々揉《も》めた。

主な要因は、いつも私が感情を抑えられなかったから。

彩華先輩もそんな私に触発されて──

でも今の彩華先輩の面持ちはいつになく柔らかい。

こんな表情を見るのは、再会して以来のことだった。

「……彩華先輩と対面するなんて、いつぶりですかね」

開口一番、私はそう言った。

彩華先輩に噛《か》み付くのは不毛。とっくに自覚していることを、私はようやく実行できた。

「……つい最近あった気がするけど」

彩華先輩はそう答えると、私は口元に弧を描く。

今は冗談を言えるくらいの余裕があると、暗に示すために。

そうしなければ、彩華先輩もきっと私から何か挑発されると構えてしまうかもしれないから。

私たちの声は物静かな廊下に僅かに木霊して、すぐに消える。

「志乃原さん。私、主将としてどうだった？」

バスケ部時代の話かな。

良い思い出ではないけど、彩華先輩のカリスマ的な存在に心底憧れたのも事実だ。

でも今なら分かる。

私は彩華先輩そのものに憧れていたんじゃない。

恋愛に興味がないのに周りから慕われる──そんな存在に憧れた。

要はその条件を満たしていれば、中身は彩華先輩じゃなくても憧れていたんだ。

「すごい人だったと思います。実際今もすごいんでしょうけど」

「でも、今変わった方向は志乃原さんの想《おも》ってくれるものじゃなかったよね」

「そうかもしれません」

「私、今の自分になったことは後悔してないわ」

思わず彩華先輩の表情を窺《うかが》った。

……自信に満ちた顔だった。

それはかつて、私が憧れた姿に近くて。

でも私は、彩華先輩の苦悩を考えようともしていなかった。

もしかしたら彩華先輩は今日私に謝罪をしたいのかもしれない。

「明美はもう此処には来ない。だから安心してサークルに参加していいと思う」

「え？」

「これ人に聞かれると、また面倒事に発展するかもしれないから。呼び出してごめんね」

私は目をパチクリさせる。

「明美先輩をどうやって追い出したんですか？」

素直な問いに、彩華先輩は少し逡巡《しゅんじゅん》した様子だった。

でもその場には悠太先輩もいたはずだ。先輩に訊《き》けば教えてくれるはず。

彩華先輩も同じ結論に至ったのか、口を開いた。

「中学時代の一件を反省させた」

「一件って、何のことですか」

「県大会のことだったり、その後のことも」

その後……ありもしない噂《うわさ》のことかな。なんで彩華先輩がそれを——

——うっすらと、もう気付いていた。考えたことがない訳ではなかったから。

だってあの噂は、大人数に回った割に不自然なほど急に消えた。

自分が積み上げた結果だと信じていたけど、思い返せば無理がある。積み上げてきた関係が報われたと、自分に言い聞かせていただけだ。

「彩華先輩が消してくれたんですね」

それなのに、私はずっと嚙み付いて。

中学時代に気づいていれば、彩華先輩を理不尽に恨んだりしなかった。恐らくもっと尊敬していた。

でも時が経《た》つにつれ私の価値観も変移していって、その可能性を考えなくなっていた。

大学生になった私には、申し訳ないという少しの罪悪感と、だからなんだという開き直った気持ちしか湧いてこなかった。

それも私が弱いから。

自分の弱さを認めることができなかったから、彩華先輩のせいにした。

でも私は変わる。

自分の弱さを受け入れて、これから強くなっていく。

あの旋回する燕《つばめ》に、私はそう誓ったんだ。

「——済んだことに、突っかかってすみませんでした。彩華先輩に毎度反抗してたのは、裏切られたと思ってたからなんです」

謝るのも強さの一つ。

まずは自分が弱いと認めよう。彩華先輩もそれができたから此処にいる。

彩華先輩には負けたくない。

「……伝わってるよ。申し訳ないって思ってる」

「でも彩華先輩が最初から私を見てなかったのを、今は分かってます。だから裏切りもなにもない。私が勝手に——」

自分で言葉を発しながら気付いてた。

これは多分私の本心じゃない。

負けたくないという想《おも》いから自ら形式的な謝罪をして、この後同様に彩華先輩からも謝罪をもらって。建前の関係性を再構築して、私は悠太先輩に笑うのだ。

〝先輩、丸く収まりました〟って。

……それが私の強さなの？

迷うな私、迷うな。

ふわりと、心地いい香りがした。

部活の時に、よく考えたものだ。なんでさっきまで練習してたのに、こんなに良い匂いがするんだろうって。

――彩華先輩が、私を優しく包み込んでいる。

触れ合ったのは、これが初めてだった。

「これから、志乃原さんと向き合わせて」

「向き合うって……」

「ごめんね。私、ずっと自分だけを優先してた。その在り方が志乃原さんを傷付けたのが、今なら解《わか》る」

――その頃の彩華は、自分の世界が狭かったんだ。

悠太先輩の言ってた通りだ。

その思考回路自体は間違ってないと思う。

私だって、歩道ですれ違うだけの人間は自分の世界に入れていない。日々流れるニュースに心が痛むことはあっても、何か当人に直接影響が及ぶような行動を起こしたためしは一度もない。

赤の他人に毎度自分の心を動かされたら疲れてしまうと、無意識に思っていたからだ。

かつての彩華先輩は、そんな〝赤の他人〟と定める範囲が広く、〝仲間〟の範囲が狭かった。

だから一旦彩華先輩の世界に入れば、悠太先輩のように心を深く通わせることができる。

今抱き締められているのは、彩華先輩の世界が広まった証拠。

悠太先輩は彩華先輩の世界にズカズカ入っていったから仲良くなったんだろう。きっとその世界の玄関先で、先輩は何も持っていなかった。

私は憧れと期待、自己投影など沢山の物を持っていた。

……手ぶらの人の方が入れやすいに決まってる。

「私も、彩華先輩から感じる一部分の強さで、全部分かった気になってました」

ようやく、本音が口から出てくれた。

想いを口にするのってこんなに難しいんだ。

私は彩華先輩から離れて、少し顔を上げる。

彩華先輩の方が数センチ背が高い。それを如実に感じたのは久しぶりだった。

「だから、お互い様ですよ。彩華先輩は私を見てなかった。私も、彩華先輩の大部分を見てなかった。お互い様です」

この結論を出せるのは、先輩のおかげだ。

先輩と話してなかったら、私はずっと恨み続けてた。

そんな先輩も間違える。かつて礼奈《れいな》さんとの関係を拗《こじ》らせてしまったのは、先輩にとっては苦い記憶に違いない。

でもそれを乗り越えて、今あの二人は関係を再構築し始めている。

礼奈さんも、彩華先輩も、悠太先輩も、きっと皆《み》んな何かしらの苦境を乗り越えようとする力がある。

苦い過去を力に変えて、私も先に進みたい。

「私、彩華先輩とも仲良くなりたいです」

「私と？」

「彩華先輩から、色んな強さを吸収します」

彩華先輩は瞠目《どうもく》したかのように瞬《まばた》きした。

「驚いた。志乃原さん……すごい逞《たくま》しいのね」

「私だって成長したいんです。いつまで経《た》っても憧れてるだけの後輩じゃないんですから」

私が息を一つ吐くと、彩華先輩は嬉《うれ》しそうに口元を緩めた。

何だかその顔は、友梨奈《ゆりな》先輩に似ている。

「謝罪はナシにしてください。その代わりに、お願いが一つ」

彩華先輩は意図を見抜かれて動揺したようなや面持ちだったけど、やがて澄んだ瞳に私を映した。

人の本質を見抜こうとするような瞳は、私を何色に映しているのだろう。

「私が道に迷った時、彩華先輩は前にいてほしい。指標にしたいんです。だから、いつまでも強《したた》かな彩華先輩でいてください。弱さを飼い慣らした彩華先輩なら、きっと誰にも負けないです」

後ろは悠太先輩に支えてもらって、前から彩華先輩に引っ張ってもらって。

この恵まれた布陣は、これからの私を人として大きくしてくれる。そんな確信が、私の胸中で躍っている。

——頼れる人には頼っとけ。

それも強さだと、先輩は教えてくれたから。

「でも、すみません。一つだけ私が勝ってるものがありますね」

「ん？」

「悠太先輩との心の距離です。私、そこだけは今も負けてないですから！」

彩華先輩の眉根がヒクついた。

……また我慢できなかった。

でもこれだけは言っておきたかったんだ。

私たちの間で悠太先輩の話を全く出さないのは、逆に不自然だと思ったから。

「志乃原さん、あいつのこと好きなの？」

「──多分、はい。これが恋愛的な意味だと確信した時、私は速攻告白します」

自分で言いながら驚いた。いざ言葉に出してみると、胸が熱くなったから。

「……そう。やるわね、あいつも」

「負けないですからね！」

彩華先輩は口角を上げた。まるで好敵手を眺めるような表情。

それが何だか嬉しかった。

中学時代と違い、対等と認められている気がしたから。

その気恥ずかしさを誤魔化《ごまか》すために、私は一つ咳払《せきばら》いをした。

「……ていうか彩華先輩の汗が服についたんですけど、なんかやですね」

「……え？　く、口に出さないでよそういうの！」

彩華先輩が頰《ほお》を膨らませる。

こういう関係もいいのかもしれない。悠太先輩の立場を考慮した訳じゃないけど、先輩の望んだ通りになってしまった。

……癪《しゃく》だけどそうなって良かったと思える自分がいる。

改めて彩華先輩と向かい合うと、なんだかこの構図が誰かに描かれたような非日常感を覚えて可笑《おか》しくなった。

彩華先輩も同じように吹き出して、暫《しばら》く二人で笑ってしまう。

――初めて、彩華先輩と心から笑い合えた気がする。

廊下に反響する、私たちの笑い声。

中学で欠けたピースが一つ、漸《ようや》く埋まった。

エピローグ

梅雨時に思い出すことがある。

私に振られる、男子の表情。

何度も何度も振っていると、大体共通の色というのが見えてくる。

失望、哀《かな》しみ、羞恥心。

皆んな本当に自分を優先してばかり。

振った側の感情なんて、一縷《いちる》たりとも頭に過《よぎ》っていない。

まるで被害者のような面持ちをされたら、こちらは自責の念に苛《さいな》まれる。

私が性格に難ありなんて言われてるのは、あんた達がいるからよ。

私を好いてくれるなら、〝私〟をしっかり解《わか》ってほしい。

今までの私を見ていたら、告白されて嬉しいと思う人種に思えるはずもない。

本気で私を好きなら、本気で付き合いたいのなら、高校では告白しないというのが正しい選択肢だった。

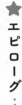

──でも大学生になった今、私は一度も恋人を作れていない。

いざ羽を伸ばせる環境に身を置いても、肝心のやる気が湧いてこない。

外に出ても羽を伸ばせないのなら、箱庭に閉じ込められていた時と変わらないじゃない。

これまでの自分の対応を後悔しないために、私は何度も合コンに参加した。

だから現れてよ、王子様。

私を後悔させないために──


「おう」

羽瀬川《はせがわ》が、私に向かって手を挙げる。

「……随分待ったわよ」

自分の想起を誤魔化すために、わざと冷たい声を出す。

でも演技はあっさり見抜かれて、羽瀬川は屈託のない笑みを浮かべた。

「あはは、悪い。でも『start』の活動中にお邪魔しないって言ったのは彩華《あやか》だろ」

高校二年のあの日から、羽瀬川は私を名前で呼ぶ。

……私は、彼を名前で呼んだためしはあまりない。

その理由も自覚したいと思っていない。

「活動時間が終わったら、一度志乃原《しのはら》にシュート撃たせたいって言ったのはお前だろ。……でもイップスってそんな簡単に克服できんのかよ」

「環境が変われば、可能性はあるわ。あの子のイップスは、プロのと違って競技そのものへのトラウマじゃないと思うし」

「そうか。ま、力になれるならそれに越したことはないけどな」

羽瀬川はそう言って、踵《きびす》を返して歩いて行く。

――逞しい背中。

抽象的な意味ではなく、物理的に。

まじまじ観察すると、身体《からだ》が大きくなっているのが判《わか》る。サークルで精力的にバスケをして身体を追い込んでいる証拠だ。

サボりを続けていた頃はよく筋肉痛を訴えていたけど、最近それもパタリと無くなった。

誰が羽瀬川を変えたのかは明らかだ。

「先輩、このフォームで大丈夫ですか？」

志乃原さんが、羽瀬川に無垢《むく》な表情で訊《き》いている。

トラウマを克服したいという気持ちは本当なのか、甘えた表情は皆無だ。

それなら私も今は全力で協力しなきゃ。

「志乃原さん。右肘は私が支えるから、手首のスナップだけで撃ってみて」

シュートフォームには、基本的な姿勢がある。女バスのそれは、ツーハンド。両手の角度、高さを等しくし、真《ま》っ直《す》ぐゴールリングに視線を飛ばす。

「あんたは左肘ね」

羽瀬川に指示すると、素直に志乃原の肘を持った。

「先輩のエッチ」

「は⁉ 肘で興奮したことないわ！」

「どんな弁明の仕方ですか……」

仲睦《なかむつ》まじげなやりとり。

私の知らないところでは、更に二人の時間が流れているのが伝わってくる。

「ほら、まずゴール見なきゃ」

促して、私は志乃原さんの右肘を持ち上げた。

彼女にとって最もフィットするフォームを探るのはこの場では私しかいない。

羽瀬川も私の指示に従って、左肘を対に持ってくる。

「先輩、ちょっと背中も支えてくれませんか。背筋も伸ばしたいんで」

「りょーかい」

志乃原さんの要望で、羽瀬川の位置が変わった。

丁度志乃原さんの横顔で、彼の顔が見えなくなる。
ふと、志乃原さんの視線がこちらに向いた。
ゴールから私に移った視線。
その瞳には、挑戦の色が宿っている。

——そうね。これは志乃原さんと私の勝負。

どちらがゴールを決められるか。
お互いまだシュートの撃ち方すら危ういけれど。
でも、負けないわ。
私は志乃原さんの先輩でもあるけれど、それ以前に——

「いくわよ、悠太」
トクンと、胸が鳴った。

……ほら、やっぱり。

今まで私は、彼を殆《ほとん》ど名前で呼んだことがなかった。

それは呼ぶ度に高鳴る胸を自覚したくなかっただけ。

だって自覚したら、私はかつて憤った対象と同じ存在になってしまう。

振った側の感情を考えない、自己中心的な存在。

でも男子たちの行動は当然だったと、今なら解《わか》る。

相手を気遣うより、この想《おも》いをぶつけたい。

相手の感情を推し量って、駄目だった時の未来を憂えて、それでもその先の成就を信じたからこそ想いを口にしたんだね。

皆《み》んなの気持ち、理解できたよ。

志乃原さんと和解できそうな手前、今日という日にこの感情を自覚するのが正しくないのは分かってる。

でもこれだけは譲れないと、心がどうしても叫んでしまう。

譲れないもの。

この存在って、私にとってそれなんだ。

私、一体いつからこんなにも——

悠太。あんたのことが、好きだったのかしらね。

志乃原さんの手から放たれたボールが、リングに入る。
瞬間、眩《まばゆ》い陽光がコートに差し込んだ。
長い雨が、ようやく上がった。

あとがき

この度も本作を手に取っていただき、誠にありがとうございます。御宮《おみや》ゆうです。

五回目のあとがきともなると、何だか皆様と仲良くなれているような気がします。

また皆様とお会いできたことが本当に嬉《うれ》しいです。

さて、皆様は既にお気付きかと思います。

四巻、五巻と巻数を重ねるに連れて、ページ数が増していることに。作者も勿論《もちろん》気付いています。

五巻で紡がれたエピソードはＷｅｂ版を執筆している時から作者の頭にあったので、四巻よりコンパクトに収まるだろうなと油断していました。

いつもなら本編を書き終わっている文字量に達した時は、まだ第10話の途中。ここで本編を終わらせたら暴動が起きかねないと、必死に筆を走らせた次第です。

そんなシリーズ五巻目となりましたが、いかがでしたでしょうか。

志乃原真由《しのはらまゆ》と美濃彩華《みのあやか》の和解。

これは彩華が悠太《ゆうた》に対しての気持ちを自覚する上で、必要不可欠なエピソードでした。

一巻、二巻をパラパラ読み返していただくと、より彩華の気持ちを理解していただけると思います。あと三巻と四巻も。

五巻で全然礼奈《れいな》が出ないじゃないか！　と怒りの声も聞こえてきそうですが、六巻をお楽しみに。

梅雨は明けました。次の季節は――そう、夏です。

ラブコメといえば夏。六巻にして、カノうわの世界にもやっと夏が訪れます。

コミカライズ連載も始まったカノうわシリーズが、これから更に盛り上がってくれますように。

ここからは謝辞になります。

担当編集K様。五巻の原稿をお送りした際、私はページ数が多すぎて「こことここを切れ！」と言われたらどうしようかとビクビクしていましたが、好反応で心底ホッとしました。K様からの反応がモチベーションになっているので、鞭《むち》の三倍の飴《あめ》をください。

イラストのえーる先生。五巻のカバーイラスト、一度のブラッシュアップで魅力が上がりすぎて目が飛び出そうでした。えーる先生にこのシーンの挿絵を描いて貰《もら》えるなんて幸せだな⁉︎　と思いながら執筆しておりました。挿絵が来る度に読者の方々はテンション爆上がりかと存じます。

校閲担当者様。担当者様のお力添えで、ようやくこのシリーズが書籍として成り立っています。これからも宜《よろ》しくお願い致します。

読者の皆様。いつも応援、本当にありがとうございます。

一巻、二巻は初動売上が命、巻数が積み上がっても新規読者の獲得が――という状況で、皆様の応援が作品の命を繋《つな》げてくれています。この第五巻でも、口コミやレビューで後押しをしていただければ幸いです。

そして、最後にお知らせです。

現在このスニーカー文庫にて、書き下ろしの新作企画が進行中です。カノうわ読者の方には自信を持ってお勧めできる作品となっておりますので、発売した際は是非手に取ってみてください。

それでは失礼します。六回目のあとがきで、皆様にお会いできることを楽しみにしております。

御宮ゆう

カノジョに浮気《うわき》されていた俺《おれ》が、小悪魔《こあくま》な後輩《こうはい》に懐《なつ》かれています5

著　御宮《おみや》ゆう

角川スニーカー文庫　22930

2021年12月1日　初版発行

発行者　青柳昌行

発　行　株式会社KADOKAWA
〒102-8177 東京都千代田区富士見2-13-3
電話　0570-002-301（ナビダイヤル）

印刷所　株式会社暁印刷
製本所　本間製本株式会社

Printed in Japan　ISBN 978-4-04-111862-7　C0193

★ご意見、ご感想をお送りください★

〒102-8177 東京都千代田区富士見 2-13-3
株式会社KADOKAWA　角川スニーカー文庫編集部気付
「御宮ゆう」先生
「えーる」先生

角川文庫発刊に際して

角川源義

第二次世界大戦の敗北は、軍事力の敗北であった以上に、私たちの若い文化力の敗退であった。私たちの文化が戦争に対して如何に無力であり、単なるあだ花に過ぎなかったかを、私たちは身を以て体験し痛感した。西洋近代文化の摂取にとって、明治以後八十年の歳月は決して短かすぎたとは言えない。にもかかわらず、近代文化の伝統を確立し、自由な批判と柔軟な良識に富む文化層として自らを形成することに私たちは失敗して来た。そしてこれは、各層への文化の普及滲透を任務とする出版人の責任でもあった。

一九四五年以来、私たちは再び振出しに戻り、第一歩から踏み出すことを余儀なくされた。これは大きな不幸ではあるが、反面、これまでの混沌・未熟・歪曲の中にあった我が国の文化に秩序と確たる基礎を齎らすためには絶好の機会でもある。角川書店は、このような祖国の文化的危機にあたり、微力をも顧みず再建の礎石たるべき抱負と決意とをもって出発したが、ここに創立以来の念願を果すべく角川文庫を発刊する。これまで刊行されたあらゆる全集叢書文庫類の長所と短所とを検討し、古今東西の不朽の典籍を、良心的編集のもとに、廉価に、そして書架にふさわしい美本として、多くのひとびとに提供しようとする。しかし私たちは徒らに百科全書的な知識のジレッタントを作ることを目的とせず、あくまで祖国の文化に秩序と再建への道を示し、この文庫を角川書店の栄ある事業として、今後永久に継続発展せしめ、学芸と教養との殿堂として大成せんことを期したい。多くの読書子の愛情ある忠言と支持とによって、この希望と抱負とを完遂せしめられんことを願う。

一九四九年五月三日